Escanea este código
para acceder a un contenido inédito
narrado por la autora.

Lo que hay

Lo que hay

Sara Torres

R
**RESERVOIR
BOOKS**

Papel certificado por el Forest Stewardship Council®

MIXTO
Papel
FSC® C117695

Penguin
Random House
Grupo Editorial

Primera edición con este formato: noviembre de 2024
Primera reimpresión: abril de 2026

© 2022, Sara Torres Rodríguez De Castro
© 2022, 2024, Penguin Random House Grupo Editorial, S. A. U.
Travessera de Gràcia, 47-49. 08021 Barcelona
© 2024, Sara Torres Rodríguez De Castro, por la fotografía de la cubierta

Printed in Spain – Impreso en España

ISBN: 978-84-10352-45-2
Depósito legal: B-16.063-2024

Compuesto en La Nueva Edimac S. L.

Impreso en Liberdúplex
Sant Llorenç d'Hortons (Barcelona)

RK 5 2 4 5 2

*Para mamá, que, cansada de que su hija
escribiera poesía «que no entendía nadie»,
me preguntaba en cada nuevo encuentro:
«¿Para cuándo el best seller?».*

Mi madre había marcado con boli una X en la fotografía de la postal y había escrito: «Estoy en la X [...]».

Ahora esa X es lo que más me emociona, su mano asiendo el bolígrafo, apoyándolo en la postal, señalándome dónde está para que pueda encontrarla.

DEBORAH LEVY,
El coste de vivir

Potser només l'amor que ha tingut origen en una passió i ha aconseguit remuntar-la per ser arriba a esdevenir això que anomeno amor-diamant.

MARIA-MERCÈ MARÇAL,
El senyal de la pèrdua

Mientras mamá moría yo estaba haciendo el amor. La imagen me asombra y me perturba. Mi madre se iba y yo me agarraba a algo desbocado, que persevera cuando lo que más amamos, lo que nos es más familiar, comienza a suspenderse y ya nos abandona.

Ella sobre mí, los muslos húmedos apretados contra mis caderas y esta mano dentro empujando. Su cuerpo todo empujando mientras un pecho se apoya en mi boca que lo recibe. Gime en sordina, aunque la habitación más próxima está vacía y nadie puede oírla. Desde el pasillo principal vimos la puerta abierta de la habitación contigua y la cama perfectamente hecha. Estamos casi solas, por azar parece que nadie se hospede aquí hoy, pero si dependiese de mí, habría cerrado toda la planta con tal de oírla gritar por una vez un grito entero. Observo el vientre suave, el pecho redondo y caprichoso, los ojos verdes. Mi mano es dura con Ella y es flexible: si la izquierda le sujeta los muslos, la derecha espera suave en los lindes para entrarle una vez más casi por sorpresa. Soy rápida fuera y soy rápida dentro, aunque por más ritmo y más vibración que ponga no consigo ese inicio de llanto animal que anuncie que ha llegado al límite entre lo que quiere y lo que puede aguantar.

Me hago fuerte solo sobre su cuerpo. Los músculos aletargados despiertan, nunca me canso. También soy una niña que recogía flores y volvía a casa con el vestido sin una arruga y la diadema bien colocada. Nunca subí a los árboles, no jugué con pelotas. En la montaña, a la yegua al galope no la llevaba al salto jaleando, ni le pedía más. Negociaba sus ansias con canciones y susurros, diciéndole bajito «suave» «tranquila» «ya suave» «ya vamos». En el deporte siempre protegí la cabeza con las manos, quise menos. Ella sin embargo pide ostentosamente y luego recula. Pide con los ojos abiertos, da órdenes. Siempre quiere más de lo que puede disfrutar, le atrae el espectáculo, pero el tacto la abruma. La levanto en brazos, la suelto para que se sienta caer, se apoya a horcajadas sobre mí. Amo esa imagen desde abajo. Quien ha mirado a una mujer desde abajo sabe a lo que me refiero.

Deseo darle lo que busca, aunque sospecho que tiene poco que ver con lo que pueda yo hacer ahora. Hablarle a su cuerpo no sirve; nos conectamos con ganas desesperadas, no llegamos a entendernos. Ahora que aún dentro me quedo quieta un segundo, parece agotada, buscándose entre movimientos cada vez más amplios y tristes. La mirada redonda se apena, ya no da órdenes, comienza a alejarse y eso me asusta. Así que la descabalgo suave en brazos y la acomodo entre las sábanas para poner la boca sobre Ella y que se rinda ya, se deje ir dejándome hacer lo que yo sé. Ahí soy lo más parecido a un retrato de mí misma. Mi hambre ciega: los ojos cerrados tocando por dentro y la boca llena, veloz, suave. Aprendí bien pronto por puro deseo, por pura fascinación de verlas encogerse y espirar en una convulsión que siempre, una vez tras otra, parece lo único que me importa en la vida.

Contra mí veo surgir al final el grito postergado como a regañadientes. Lo había estado guardando con celo a fuerza de no entregarse del todo. Me mira tensando el músculo bajo las cejas. No quiere que sus contracciones marquen el final de la noche y yo pueda entregarme al sueño esas pocas horas antes de tomar un vuelo que me lleve hasta mi madre.

Tengo veintiocho años. Cuando le diagnosticaron el cáncer de mama a los cuarenta y tres, yo tenía dieciocho. A esa edad no podía aceptar que pudiese morir. Mi madre lo era todo. Todos los significados de mi vida estaban asociados o influidos por ese cuerpo. Saberla vulnerable me hizo sentir que también comenzaba a terminarme. Mamá había sido el animal más perfecto: la más bella, la más inteligente y fuerte. Yo perseguía esa estela, o me dejaba cegar y entonces me frustraba el poder absoluto de su voluntad. Como la palabra de Dios, su voluntad regía el mundo. Si siendo tan joven el cáncer quebraba fuerza semejante, su hija, más débil, tendría pocas posibilidades de sobrevivir a los embates de la vida. Tal era mi lógica tras el primer diagnóstico, y sigue siendo así. Son misteriosas las formas en las que una hija se identifica con el cuerpo de su madre.

La mañana del 6 de diciembre, el día que murió mamá en Gijón, en la casa de mi abuela, junto a sus hermanos y sus objetos de siempre, yo amanecía en aquella habitación de hotel en Barcelona. Los ojos abiertos y el corazón desbocado por la alarma del teléfono que anunciaba la salida de mi vuelo en apenas cuatro horas. Amanecía bajo un ornamento excesivo, una gran escultura blanca con forma de coral que hacía las veces de cabecero. Presidía la decoración de un cuarto rojo que interpretaba a su modo algún sueño de arquitectura japonesa. A mi costado izquierdo, el cuerpo de Ella murmuró un quejido blando, amodorrado contra la almohada. Miré la curva pequeña de la nariz y los párpados, y pensé que era extraño el privilegio de la intimidad compartida. Al fin se había entregado a un sueño dulce, no quedaba en su frente ni rastro de frustración. Justo en ese instante yo podía acercar la mano y acariciar los labios. El tacto era posible, justo en ese instante, y sería bienvenido. Todo está reciente ahora, soy capaz de recordar el rostro de Ella somnoliento aquellos días. Había algo hermoso e infantil en esa cara, una lentitud que anunciaba la profundidad de su descanso unida a la voluntad de no perderse un segundo de la desnudez de las dos antes de mi partida.

Mamá había sufrido una recaída del cáncer. La tercera en diez años, pero ninguna prueba médica lo confirmaba y aún no lo sabíamos. Cuando en una visita descubrí su delgadez perturbadora, imaginé lo que podía estar ocurriendo y comencé a viajar los fines de semana de Barcelona a Asturias para visitarla en casa de mi abuela, donde vivía desde que se separó de mi padre. Entre semana yo regresaba a Cataluña para impartir clases de Literatura Comparada en la universidad. Esos viajes no duraron mucho, poco más de un mes. No sé cuánto tiempo lo habría aguantado, pero de forma obstinada deseaba que durase, tener tiempo para vivir con todo detalle lo que estaba ocurriendo. Pocas veces conseguí tomar aire bajo tanta presión: tenía un trabajo nuevo, una tesis doctoral por terminar y una pareja aún residiendo en Londres, la ciudad desde la cual me había mudado ese mismo septiembre.

Sola, en Barcelona, no podía descansar. Me desvelaba a cada hora y a las cinco de la mañana me quedaba ya despierta por el resto del día. Para intentar dormir, algunas noches alquilaba habitaciones de hotel. En dos meses gasté todos mis ahorros. Mis gestos de derroche eran una mezcla peculiar entre la supervivencia más elemental y el lujo. Las habitaciones de hotel son una especie de celda monacal donde soledad y vida en común se ordenan bajo la rutina del baño caliente, la toalla limpia, el desayuno después de las siete y antes de las once. Identidad y pasado se diluían ahí y, protegida, podía también desear sin sentir demasiada culpa, reír de manera inocente, permitirme el esnobismo y la alegría. La tarde del día 5 de diciembre entré en un hotel boutique del centro de Barcelona y dormí a deshora, con necesidad. El cansancio acumulado me provocaba a menudo subidas repentinas de temperatura, hacía arder mis mejillas. Cubierta por capas de blanco —el albornoz, la sábana y el edredón— aceleraba también el descanso, impaciente por la llegada de Ella.

Ella había ido a la ópera con un familiar para escuchar una sesión de verismo, aunque salió en el descanso y se perdió la segunda pieza: *Pagliacci*. Yo dormitaba y la esperaba; al día siguiente viajaría a ver a mamá. Tenía miedo y a la vez estaba drogada por una ternura brutal. ¿Hacia Ella, hacia mamá? Hacia ambas. Bajo el albornoz sentía el estómago no sé si lleno de mariposas o de un ácido capaz de corroer sus paredes. Lo sentía todo el tiempo, inflamado, presente, como doblemente arremetido: primero, por la angustia de aquellas horas sin mi madre, a demasiada distancia de lo que le ocurría; luego, por la impaciencia que acompaña los instantes previos a la llegada de una amante, cuando el deseo es agudo. En medio del dolor más grande, estaba viviendo uno de esos momentos casi imposibles, donde las ganas están en dos cuerpos por igual. Evento de pasiones que se sincronizan.

Eran las once y media de la noche. Llegó vestida con un traje oscuro, la melena corta y rubia cayéndole sobre las solapas de la chaqueta. Recuerdo preguntarme si se habría arreglado así para ir a la ópera o para verme. Aún con el traje puesto se sentó en mis piernas, sobre el albornoz, hacia el borde de la cama. Tenía una facilidad asombrosa para en pocos segundos estar sentada sobre mí. Las prendas de calle y de interior se encontraban: lana oscura y algodón blanco rizado, los tejidos combinaban con cierta violencia. Esa noche quería escucharla contar alguna historia. Yo no tenía fuerzas para hablar, estaba encogida por el miedo a encontrar a mi madre todavía más delgada que la última vez, sin ya poder andar o ir sola al lavabo.

Pero Ella era hermosa y esa noche no traía ningún dolor consigo. Así que deseé ser la mejor compañía. Saqué unas cervezas del minibar y pedí al servicio de habitaciones un cuenco de atún y caviar rojo, unos fideos Udon y una ensalada de algas. Todo llegó pronto, en una bandeja ancha, pesada y pulida, que reflejaba el alimento nada abundante hasta multiplicarlo.

Guardo una imagen serena en la que está de pie, con un botellín en la mano, frente a la cama a medio hacer donde he vuelto a echarme. Habla y ríe gesticulando con los ojos verdes, enormes y abiertos. Hace ese gesto de abrirlos mucho de pronto cuando comento algo que no espera. Quisiera preservar su alegría intacta, en ese instante, en el que tengo la certeza de que de un momento a otro se cansará de hablar y me buscará con las manos por debajo de la parcela de algodón con el nombre del hotel bordado en letras azules. Porque Ella no ha cenado ni le interesa la cena, apenas se ha metido un trozo de atún en la boca y no conoce los motivos, pero cree que, en eso de la pasión, es un requisito tener prisa.

Por azar yo escucharía *Pagliacci* con mi padre en Oviedo un mes después, cuando ya no podía llamarla para decirle: qué casualidad, otra casualidad, he acabado lo que empezaste tú, lo que sonó en el Liceo cuando no podías escucharlo porque ya subías la calle para encontrarte conmigo. En la ópera, los amigos de papá me trataron con una mezcla de curiosidad y prudencia. Se mostraban respetuosos mientras brillaban en sus trajes. Mi madre había muerto hacía unas semanas y yo estaba enfundada en un vestido de terciopelo negro, sujetando en los lóbulos pequeños unos aros de oro y perlas que habían sido suyos, y con la mirada perdida entre las butacas, buscando entre la gente. Todo me parecía una ficción y, entre las cosas irreales, era yo misma la más extraña.

¡Actuar! Lo importante es actuar. ¡Mientras preso del delirio, no sé ya lo que digo ni lo que hago! Y sin embargo, es necesario... ¡esfuérzate! ¡Bah! ¿Acaso eres tú un hombre? ¡Eres Payaso! Ponte el traje y empólvate el rostro. La gente paga y aquí quiere reír. Ríe, Sara, y te aplaudirán. Convierte en risa el espasmo y el llanto.

Estoy intentando contar la historia de una doble pérdida, un duelo doble que ahora se me entremezcla. El duelo es un proceso donde sí hay lugar para el deseo: Ella es el otro lado del mío, el que poca gente conoce. Su presencia agitada y dulce me sostuvo aquellos días, la llegada a una ciudad nueva, la última etapa de la enfermedad de mi madre; después se fue. Para intentar comprender, la mente vuelve una y otra vez a aquella habitación de hotel y también a su casa, donde pasé unos días tras el funeral. Después de aquello no la he vuelto a ver.

Así son las cosas hoy. No puedo hablar con mamá, tampoco con Ella. Mi vida se ha suspendido con la interrupción de esas dos conversaciones.

UNO

Son las ocho de la mañana. La luz entra débilmente por los cortinones que caen hasta tocar el suelo de baldosa azul noche. Intento caminar por el cuarto sin encender la luz para que no nos golpee, buscar un poco a tientas los distintos objetos que he de llevar conmigo. En un equilibrio difícil, entro en los pantalones negros de talle alto y una voz de criatura adormecida me dice que me quedan muy bien. No confesaré que es una de las prendas que compré en las últimas semanas, con el propósito de llevar algo nuevo a nuestros encuentros. Ser alguien distinto para Ella, que ninguna otra haya antes tocado o visto. Me giro hacia donde está, la leve luz ilumina la cama, marca una línea curva a unos pocos centímetros de su cuerpo desnudo sobre la colcha. Boca abajo, atraviesa el ancho del colchón de extremo a extremo y se abraza a un cojín de lectura verde esmeralda, donde también apoya la cabeza. La competencia arrogante del color oscurece sus ojos, hace que sean de un verde similar al del lomo de un reptil. Apenas los entreabre. Ha dormido poco, quiere que desayunemos juntas, que me tumbe sobre Ella con los pantalones negros antes de irme.

Me apoyo en el escritorio contra la pared para ponerme las medias. Siento una ligera punzada de angustia en el abdomen, atenuada por la visión de la línea de su espalda y de sus brazos extendidos. Abre el ojo izquierdo y mantiene el derecho cerrado. El gesto es de puro cansancio, pero como sonríe a la vez, parece un guiño. «¿Te encanta mirar, eh?». El tono de su pregunta desafía, aunque se mantiene suave. «Ya has visto suficiente. También puedes tocarme, ¿no?».

Tomo asiento en una esquina de la cama y rodeo su tobillo con la mano. Un cuerpo que se sostiene a sí mismo, pienso, notando la alegría de los músculos de la pierna desperezándose sobre la colcha. Es el 6 de diciembre de 2019. Llevamos apenas dos meses encontrándonos de forma glotona en distintas casas, cafeterías, habitaciones de hotel. La he conocido en una intimidad acelerada, pero no estoy segura de lo que piensa de todo esto. Sobre todo, no sé lo que pienso yo. Algunos días creo que nuestra unión en el sexo genera una estela de romanticismo donde no es posible discernir si lo que estamos sintiendo se sostendría una sola semana de no existir tal conexión. En general, aunque haya quien aún no se ha dado cuenta, follar bonito nos hace felices. Follar bonito varias horas al día cada día nos vuelve ingrávidos, optimistas y hasta incluso benevolentes.

Es un agobio tener que salir ya para llegar a tiempo al aeropuerto, porque no puedo perder ese avión y a la vez parece un sacrificio salvaje y absurdo separarme de su piel templada. De no ser por mamá, por la preocupación por mamá, que estanca pozas de agua negra en el paisaje, nunca elegiría dejar el cuarto antes de que a las doce una voz correcta y condescendiente llame desde recepción para recordarnos que nuestro tiempo se ha agotado.

Con las yemas de los dedos acariciando la redondez del pecho trato de recordar cómo nos conocimos. Tal vez busco una confirmación de que lo que estamos viviendo importa. Una noche, en un pequeño bar del Raval, se acercó a mi mesa, donde yo conversaba con Anna, una amiga que había sido primero amante. La saludó antes a ella, respetando los rituales, y después me soltó: «Hace unos días hablando con Dani supe que te acababas de mudar a Barcelona, si necesitas cualquier cosa, este es mi teléfono». Nunca había tardado tan pocos segundos en recibir un número. «¿Qué se supone que vas a necesitar?», ironizó Anna después. «No pierde el tiempo, la criatura, pero ¿cuántos años tiene, quince?». «Debe de tener alguno más… aunque lo está diciendo en plan amable, ¿no? Para enseñarme la ciudad». «Sara, a ti ya te hemos enseñado la ciudad». No era la primera vez que la veía, pero sí la primera que la tuve enfrente.

Semanas después, una de las noches de octubre en las que en señal de protesta ardieron las calles, nos encontramos de nuevo. Me invitó a un pequeño apartamento cerca del MACBA donde sus hermanas pequeñas y varias amigas bebían mientras miraban en las noticias las imágenes de los contenedores alimentando las llamas de la calle de al lado. Yo llevaba una botella de vino, que se abrió y se agotó sin casi percatarnos. No conocía a nadie allí, pero de algún modo era natural, siendo una recién llegada, compartir lo que fuera. Esa noche hablé de muchas cosas, sin medir demasiado mis palabras o pensar que podría ser prudente medirlas. Del nuevo trabajo en la universidad, del plan de mudanza con mi pareja. Ella me miraba a los ojos con insistencia, como intentando entenderme. Me acercaba la copa de vino, se ocupaba de mí. Cuando sus hermanas ya se habían marchado, y las que vivían en la casa quisieron irse a descansar, me llevó a un bar largo y estrecho, con muebles americanos y luz de vidrio pintado.

Se sentó frente a mí con las rodillas separadas y un codo apoyado en la pierna izquierda. Enseñaba las palmas de las manos al hablar y me preguntó si era feliz. Me preguntó qué creía yo que podría hacerme feliz. «Hay que soñar alto», dijo. «Debemos pedirle a la vida todo lo que queremos de ella, insistirle, estrujarla». Yo la miraba desde lejos, con una pasión más cansada, una pasión viva, en todo caso, pero dirigida hacia otros lenguajes y otros ritmos. ¿Estaba jugando a hacer terapia conmigo? Dijo que tal vez lo que yo necesitaba era que me amasen plenamente. Pronunció otras cosas que no recuerdo. ¿Qué quería en realidad? Deseaba saber si yo podía darle lo que andaba buscando. Al mismo tiempo era capaz de reconocer que una pasión ancha e insatisfecha nos hermanaba.

La siento en la boca como si fuese mi propio cuerpo entrando en un trance. No voy a poder explicar a nadie esa sensación sin sonar ñoña o mística o simplemente exagerada. Por supuesto, alargo el momento antes de salir del cuarto. Nos despedimos varias veces, con las lamparitas apagadas y el sol proyectando haces perpendiculares de luz. Tiene una marca de color escarlata brillante en forma de islote en el hombro izquierdo, por encima de la clavícula. Lleva en el cuello una cadena de oro con una cruz egipcia y la primera letra de su nombre, con un pequeño brillante engarzado. Algo no encaja, me extraña el brillo de la piedrita contra el oro y sobre la piel. Pero no soy capaz de reflexionar sobre lo que veo o escucho, solo puedo sentirme unida a ese cuello como si mi pulso se expresase también en él.

En la recepción pago la cuenta y añado un desayuno. «¿Para quién?», me preguntan. «Para la señorita, que dormirá unas horas más». A la pareja de recepcionistas le encanta el gesto. Sonríen con cierta emoción. Me aseguran muy educadamente que la señorita tendrá todo dispuesto sin ningún cargo cuando baje. Me piden un taxi y el conductor me ayuda con la maleta de mano. Es amable la energía de todas las personas con las que me cruzo esa mañana. También en el aeropuerto. Después recibo un mensaje de mi tía que dice que me recogerá en coche cuando aterrice en Asturias. Me reconforta no tener que esperar el autobús, así llegaré antes.

No sé si mamá se fue justo entonces, mientras yo recorría los pasillos del Prat buscando mi puerta de embarque. O después, cuando volaba. No he querido calcular los tiempos. No he querido preguntar. Una vez aterrizamos, aún en cabina, mi padre me lo comunicó por teléfono. Grité y respondí llorando, creo que demasiado alto para un espacio tan pequeño y lleno de gente. No recuerdo mi voz, pero sí que salió extraña, como de otro mundo. Los pasajeros estaban ocupados en recoger su equipaje a ambos lados del pasillo para abalanzarse hacia la salida y por eso nadie miró. O alguien lo hizo fugazmente y retiró la mirada con pudor. Tampoco sé qué significó para papá hacer la llamada. Lo que fuera que dijo lo comunicó como un profesional. Hacía un par de años que mis padres ni se saludaban por la calle. Su voz era pausada y me protegía. Yo no podía comprender esa broma, la puntualidad de la escena. Estaba llegando, iba a estar con ella. Estaba a punto de llegar.

«Hacía días que mamá había empezado a morir y yo estaba haciendo el amor», pienso mientras mi tía me lleva desde el aeropuerto a casa de mi abuela, para que salgamos todos juntos al tanatorio. Mi abuela, los tres hermanos de mi madre y yo. En el camino intento no preguntar si la muerte de mamá se precipitó después del suministro de paliativos la mañana anterior. Intento no caer en el error de buscar una explicación o algún culpable. La culpable tampoco he de ser yo, por haber pasado la noche sosteniendo un cuerpo vivaz, recién despierto al mundo, y no el de mi madre.

«Ya había dejado de hablar», dice mi tía mirando la carretera con ojos rosados tras las gafas. Llegaron los de paliativos a casa a traerle una cama especial, ella colaboró en el traslado de una camita a la otra. Después la sedaron, dijeron que le administraban suficiente para que no tuviese dolor; venían varios días festivos y podría haber menos servicio si surgiese una emergencia. Siempre le encantó dormir y consideraba esa parte sin duda la mejor de la vida, así que la creo cuando mi tía cuenta que sedada estaba plácida, en su medio. La imagino casi en la misma posición que la última vez que la vi, cuando su cabeza, sobre la almohada, parecía diminuta, brillante y angulosa como una vasija de cerámica oscura. Me cuenta que una vez que le administraron la sedación mamá no volvió a decir palabra y pasó una tarde y una noche sin apenas moverse. Se relajó, relajó la voluntad. Dejó de hacer ese gesto nervioso con las manos para colocar el dobladillo de la sábana como a ella le gustaba.

A la mañana siguiente, quizá mientras yo salía de un hotel en el centro de Barcelona y metía la maleta en un taxi camino al aeropuerto, notaron algo extraño en la respiración de mi madre. Su hermana pequeña, que es ahora la mayor y conduce este coche familiar, supo guardar la calma, ser reposada, respetar el momento. A mamá le enfadaba el jaleo de la gente a su alrededor. De niña, en esa misma habitación, mi tía había recibido un montón de broncas cuando se ponía a hablar mientras la mayor estaba estudiando o leyendo. Así que activó su memoria de hermana menor y disciplinada: mansa, al servicio de mi madre, se mantuvo en silencio, le acarició la cara despacio y la animó a que se dejase ir.

Mientras escucho la voz de mi tía dibujando el relato amable de los últimos minutos de mamá, me pregunto si estará contando lo que necesito oír. Podría haber partes violentas omitidas. Por ejemplo, la presencia de alguien que interrumpe la calma del momento y entra en la habitación levantando la voz, gritando de angustia. Tal vez un gesto último de negación o pánico en el rostro de quien se encuentra entre la dimensión de la tierra y la nada, incómoda ya en el mundo de siempre, pero formando todavía parte de él. ¿Recordaba mamá cuando la sedaron que yo estaba de camino? ¿Quiso esperarme y la droga se lo impidió?

¿Por qué iba a esperarme?

Porque nosotras nos queríamos de una forma más intensa y oscura.

Lo oscuro no tiene necesariamente connotaciones negativas, es el sedimento, la densidad de lo viscoso que se deposita al fondo cuando está muy vivido. Barro y restos orgánicos sobre los que repele caminar con el pie desnudo, pero que la larva necesita para cavar su madriguera. Creo que los amores más intensos, que existen a través de los años, se parecen más a un fangal —a veces sombrío, a veces quemado por la luz— que a cualquier otra cosa. Sin embargo, fantaseamos con la pureza, la entrega constante del cariño sin ambigüedad ni conflicto.

Aparto la mirada de la carretera y las señales de tráfico y la engancho a mis propias rodillas, buscando un punto de amarre. Descubro toda una colmena de hilitos blancos que he de quitar pellizcando la tela del pantalón. Cuando mi tía entra en la carretera que lleva al centro de la ciudad de mi infancia, lamento la sobriedad del atuendo, todas sus arrugas y sus motas de polvo. Estoy agotada, aturdida, ensayo escenarios en mi mente llenos de posibles repertorios de acciones. ¿Qué se espera de una hija? Hoy quisiera despedir a mi madre vestida del rojo de las granadas. Que estuviésemos solas. Que no hubiese nadie más.

Aparcamos de cualquier modo en un vado reservado para trabajadores del ayuntamiento. Saco la maleta y entramos juntas en la casa familiar. Me estoy preparando para el impacto, la visión insoportable, pero mi tía me informa de que también a ese dolor llego tarde, ya se han llevado «el cuerpo». ¿Por qué tan rápido? El cuerpo no es cualquier cosa. No es solo una cáscara.

«Ella ya no estaba allí»: es lo primero que dice mi abuela, alisándose la tela de la blusa, dando consuelo a la prenda y a sus manos. Llena con fe religiosa el vacío que deja la ausencia de cuerpo. Yo busco algo que también me corresponde: la piel de mi madre, un punto de pertenencia, horror y angustia.

Aunque no estoy segura de cómo hacerlo, me acerco lentamente a mi abuela observando su reacción. Nos abrazamos en la cocina. Hay distancia en su abrazo, entre un dolor y una furia. Me encojo, desaparezco frente al fuero de una madre de casi ochenta años que pierde a su hija enferma, a la que quiso cuidar como una hembra joven alimenta con brío a una recién nacida. Su frente queda a la altura de mi clavícula cuando la rodeo con los brazos. Conozco las pecas de su cuello, entreveradas a una cadena de oro con una rana de lapislázuli en el medio, el colgante que más me gustaba cuando era pequeña, y que a veces aparecía junto a otras dos ranas azules que se agarraban en pinza a sus orejas. Es sólida y pujante y sostiene la casa. Ser su nieta, haber aparecido en su familia como el primer bebé de la hija mayor, era haberme educado en la idea vivida de que nuestro lugar existe, sin peligro ni necesidad de justificación, entre las personas que nos aman.

Aun así, también vuelvo a su casa, el único lugar que no ha cambiado, como la extranjera. Cruzo la cocina dejándolos atrás y avanzo por el pasillo que lleva a la habitación de mamá. Para encontrarla, he hecho ese camino muchas veces. Volvió después de separarse de mi padre. Llevaba muchos años viviendo con cáncer, pero los tratamientos mantenían la metástasis adormecida. Mamá pensaba cuidar de mi abuela dentro de unos años, cuando lo necesitase. «Lo que no sabe tu abuela», me dijo una vez después de discutir por algún asunto de la convivencia, «es que yo voy a cuidar de ella». Todo eso estaba permitido en mi familia. Amar y hablar duramente. Ser leal a través del tiempo y jugar a la ironía más ácida en cualquier contexto social, rodeadas de desconocidos. Mi madre envolvía su amor en un tono irónico, y su vulnerabilidad en un tipo de elegancia entremezclada con soberbia.

El cuerpo no está, pero no renuncio a buscar lo que me pertenece. A ciegas llegaría a su habitación porque ha sido marcada con su olor y con su aliento caliente. No me sorprende la cama vacía. Busco con el rostro en su almohada y la encuentro, nos encontramos. Mi madre, su olor último. No estoy poetizando, no es una metáfora. El olor en una pérdida catastrófica es un impacto por la vía de los sentidos.

Tengo el olfato encendido y toda la información sobre los últimos tres días de su vida puedo recogerla en ese gesto contra la almohada: los rituales de higiene que mantuvo con disciplina, el aliento y la respiración cortada al final. La vida que decae hacia el amarillento, el verde: colores en el lienzo blanco donde reposa la cara del enfermo terminal. Me quedo mirando hacia una esquina del cabecero, donde un rojo oscuro de sangre seca aparece como una llamarada diminuta partiendo el cielo de la sábana. «Es un poco de sangre que salió al ponerle la vía para la sedación», dijo mi tía más tarde. No preguntaré, intentaré no buscar culpables y tampoco ser culpable yo, que he entrado en esa casa protegida por el aire y el arresto que da un enamoramiento nuevo, nacido en un fuera de tiempo.

Estoy desorientada y aun así sé que he de vivir con urgencia ciertas cosas. Busco en el armario las prendas que vistió en los últimos tiempos y le pido a mi abuela que no lave esa ropa. Encuentro el jersey azul de cuello alto que llevaba los últimos días que pasamos juntas. Protegía mi mirada de su delgadez. Agradecí no ver sus formas nuevas cuando la encontré en la cama cubierta por el tejido grueso. Ofrecía un respiro, mediaba la experiencia traumática de la imagen de mamá. Una imagen mutada demasiado rápido: era todo estructura ósea, una membrana de piel y el jersey azul. Fue un choque. El miedo a la fragilidad de la vida proyectado en su delgadez. Pasado el impacto me acerqué a su cuerpo. Me familiaricé con su cuerpo. Amé esa imagen.

Hay muchas formas de morir. Pienso que desapareció en meditación, como los ascetas. La soledad había sido su camino de conocimiento, aunque murió rodeada por su familia, en la cama de su infancia. Con su mamá velando y su hermana pequeña mirándole el rostro. Morir así es un poco morir como una niña. Ella era una niña, también.

Las voces en la cocina comienzan a impacientarse, alguien pregunta por mí, hay que salir ya al tanatorio. Todo parece imaginario. Su prisa, los rituales fúnebres, hasta la misma muerte. Mi madre está viva porque mi olfato, despierto, la encuentra. Después sigo las pautas: varios minutos de viaje, silencio. Me dejo arrastrar hasta la sala que alquilamos para velar un féretro de madera tras una ventana de cristal. Empieza a llegar la gente y los lirios blancos. Semanas antes yo le había llevado margaritas color escarlata.

Junto a la puerta de la sala hay una pantalla digital. Allí está escrito el nombre de mi madre: María Teresa Rodríguez de Castro. Hay algo demasiado real en la escritura de su nombre, siento un dolor agudo, como de cólico, a la altura de los riñones. De inmediato, un hombre de unos cincuenta años, robusto, con pelo cano, barba abundante y zapatos náuticos se acerca a bloquear el llanto hipado que me desata encontrar a mamá en letra blanca sobre fondo negro. Dice ese señor algo así como que tengo que ser fuerte, ahora no es momento para llorar, tengo que guardar la compostura para no molestar al resto de mi familia.

Alguien me alecciona a las puertas de la sala donde el cuerpo, que a nadie importa, espera al fuego en una pecera de exhibición, aséptica. Un lugar sin el olor de mi madre, que ya no puedo rastrear.

D. escribe desde Londres con urgencia, pero de pronto Londres está demasiado lejos, parece una postal o un cuentecito poco creíble. Intento contestar con cierta sincronía, deseo que se sienta parte de lo que está teniendo lugar. Ella nunca me escribe con esa insistencia, a no ser que tema un distanciamiento por mi parte. No le gusta utilizar el teléfono, se siente acosada por él, pero desde hace días le angustia no estar conmigo, seguir en Inglaterra y no haberse mudado a la vez que yo. No tiene la culpa, quién podría haber predicho nada. Lo decidimos las dos, para que ella tuviese tiempo de solucionar sus cosas, su casa, continuar unos meses más en su trabajo. Ahora D. y yo sabemos que no fue buena idea, aunque aún no nos lo decimos.

Estamos juntas en los planes de futuro. En el presente me siento sola en la debacle, e interpreto esa sensación de soledad profunda como una verdad que supera a cualquier compañía. Mamá lo decía: «Siempre estamos solos», «Cuando estás mal siempre estás sola». Tal vez me lo dijo demasiadas veces. Tantas que fui criada con la leche de la desconfianza.

Sin embargo, en D. yo confié como nunca. Su figura fuerte —la expresión de sus ojos abombados y azules, el cuerpo moteado de pecas claras– no la hace parecer humana. Yo pensé al enamorarme que ella podría quererme desde el juego, el sueño, lo alucinado. Fuera de los dilemas y la voluntad de poder de la gente, del miedo al abandono o al declive del cuerpo. Fantaseaba con que de ella recibiría la alegría y lealtad de un perro, el juego extasiado de los tallitos verdes con las gotas de rocío. Sigo pensándolo, aunque me daña la forma en la que parece darme por hecho, olvidarme cuando estoy y solo conectar cuando siente que me alejo. Si me entrego del todo, mi todo la indigesta, intenta capearlo con ternura, aunque es demasiado para ella, que está también enamorada del mar, de los escarabajos negros en el campo, de las cañas combadas en la artesanía, de las culebrillas de río, del calendario de exposiciones de la Tate Modern.

Mientras mis tíos rodean a mi abuela, me siento y le escribo:

«Sí, estoy, bien. No te preocupes, no hay agobio, ven cuando puedas. Es cuestión de pasar los rituales. No he tenido tiempo… No he llegado a tiempo para nada más que el olor. Creo que es suficiente. Ella tal vez hubiese preferido que no viviese esa imagen final y el olor era más cierto. Ahí estaba viva, la única forma en que puede estar una madre. O cualquier persona. ¿Sabes? Hace unos días tuve un sueño y al fin no era un sueño horrible.

»Tenía ganas de contártelo porque sé que te hubiera encantado estar allí, quiero decir, en aquel lugar. Era un pueblo donde la gente no tenía cocinas en sus casas. No sé cómo llegábamos y entrábamos en una sala, "la sala de los hornos". Allí estaba algo oscuro y el aire parecía cargado de vapor caliente. Era un cuarto lleno de fogones y hornillos de piedra, con olor a café y a ascuas. Mujeres de distintas edades pelaban patatas, revolvían en las ollas de hierro con grandes cucharones y ponían al fuego cafeteras italianas ennegrecidas en su base. Para volver a nuestras habitaciones desde la sala había que cruzar un montón de callejuelas estrechas, parecidas al entramado de piedra de la Córdoba antigua. En un escalón que había enfrente de las puertas de sus casas, las mujeres dejaban una maceta sembrada y un plato hondo y desde fuera la iluminación interior parecía venir de pequeñas lamparitas de gas que apenas alumbraban lo que estaba inmediatamente a su alcance. Una maceta sembrada y un plato hondo. Creo que todo eso eras tú».

A D. le gusta el relato del sueño, ha conseguido calmarla.

«Ven tranquila, son solo los primeros días llenos de obligaciones. Después tú y yo, un día, estaremos en Cataluña ya juntas, y allí sí me curaré de lo que quede. Viajaremos a pueblos de la costa en nuestros días libres, recogeremos flores amarillas de las lindes del camino hacia la playa. Celebraremos Sant Jordi y a veces tú serás el dragón y otras un jovencito con armadura. Vamos a inventar esta historia otra vez, y otra vez».

Estoy planeando cuándo y cómo voy a curarme. Está la herida, pero aún no he sentido el dolor.

Escribe Comte-Sponville que la angustia no es un estado del alma, sino un estado del cuerpo. Algunos la reconocen como una sensación de vacío a la altura del esternón, una especie de fiebre fría acompañada de un sofoco o un encogimiento. Yo noto también cómo la actividad del estómago y los intestinos se interrumpe, el cuerpo entra en estado de alarma, descabalga las yeguas de la mente. Sin dirección ni sentido, entro en contacto con una vulnerabilidad total. Cuerpo y mente se aceleran y se vuelven caóticos, buscan una nueva organización que sea capaz de ofrecer un refugio.

Para calmar la angustia es natural buscar respuestas totales, soluciones inmediatas: ¿qué o quién creo que será capaz de protegerme? ¿Existe alguien que me ame incondicionalmente? Tanto que, al hallarme descompuesta y perdida, solo pueda responder con la máxima dulzura, sin mirada, sin juicio. Sus ojos enterrados en las manos.

A veces parece que el miedo y el amor son una misma cosa. Cuando amamos con pasión y somos correspondidas sentimos de pronto un miedo insoportable a perder a esa persona. La primera vez que tuve una relación fantaseaba ansiosamente con la posibilidad de que ella muriera, de que muriésemos las dos. Tanta intensidad no podía durar, tanta belleza no podía durar. Quizá ella, tras despedirse de mí después de una tarde juntas en el parque, cogiese el coche y tuviese un accidente. Quizá yo enfermase de un mal perturbador y viese en sus ojos el rechazo. Creo que es la angustia la que genera la sensación de que amor y miedo son lo mismo.

Comte-Sponville: «La angustia tiene parte de verdad: pero no toda». Cuando no media la angustia para combatir la posibilidad de la pérdida, entendemos que el amor no es igual a lo amado. Con la pérdida de lo amado no se pierde el amor. El amor es una energía, un modo de relación. Por eso quien hoy, ante el supuesto de perdernos, nos ama con ansiedad, mañana podrá amar a otra. Incluso la amará sin sorpresa. Sin recordar que un día lo mismo pareció imposible. Esa realidad es justa, pero su idea nos atormenta. ¿Alguna vez somos para alguien verdaderamente el único objeto de amor?

Existen personas que se pasan la vida siendo fieles a sus costumbres y minimalistas con sus vínculos. Mamá fue una de ellas. Un día, cuando ya se había quedado sola en nuestra casa de la infancia, me dijo mirándome a los ojos: «Yo he tenido un marido, una hija y un perro y no voy a repetir versiones cutres de lo que ya he vivido; tampoco voy a buscar nada más».

Su tristeza se erguía de dignidad, pero también se hacía carcoma y le llegaba hasta la médula. Un amor estancado en la ausencia: el marido, que se va para siempre; la perra, arrastrando triste los quince años; la hija, en el extranjero. Nos echaba en cara muchas cosas: lo principal, que nos hubiésemos adaptado para sobrevivir, que hubiésemos sacado nuestro amor de las paredes de la casa para hacerlo vibrar y engancharse ahí donde fuese bien recibido. Solo la perra se quedó en la cocina para morir de vieja entre sus manos. Papá y yo éramos distintos, deseábamos la vida de un modo que superaba nuestras creencias y nuestras morales.

Solamente ahora comienzo a entender a mi madre. La entiendo mientras mi vida, si bien lejana en las formas, se acerca a la suya, más y más.

DOS

Qué pensarías de mí, mamá, si me vieses, repitiendo los gestos que me han funcionado otras veces: cada vez que cambio de ciudad, cada vez que me siento sola, me entran miedos, o cuando la vida no parece lo suficientemente interesante. Cuando vaya a verte, te hablaré de esta chica a la que acabo de conocer y pondrás una mueca burlesca de ligera desaprobación diciendo: «¡Ya veo! ¡Una nueva! ¡Seguro que es la más guapa, la más lista, la más maravillosa! Eres una adicta. Pero esas no te van a solucionar la vida. Lo que tienes que hacer es aprender a estar sola».

Mami, una protoactivista del *self-love*. Militante en contra del amor Disney. Una auténtica aguafiestas que ni en sus intervenciones más llenas de queja deja de resultar seductora. Me escribe en WhatsApp para recordarme que renueve el carné de conducir que me saqué obedeciendo sus órdenes y por su confianza en el coche como medio de autonomía e independencia. Le contesto que justo estoy saliendo de finde con una amiga catalana que estudia teatro, pero no cuento nada más por miedo a que su ironía me baje demasiado a su «realidad» y ya no pueda disfrutar: «¿Una amiga? ¿Una amiga amiga o te refieres a OTRA amiga de esas?».

No lo sé, mami, todavía.

Quería llevarme tan solo una bolsita con lo mínimo para pasar un fin de semana en el campo y al final termino llenando una maleta de mano con libros, pañuelos, zapatos de paseo y de montaña. Pienso que es algo así como un deber moral que este sea un equipaje de apariencia neutra, sin prendas de día y de noche demasiado bonitas, sin ropa interior cuidada ni perfume. He respondido con un «sí» rotundo a la invitación a salir de la ciudad y pasar el fin de semana en su casa. No tengo expectativas, aunque tal vez tenga una ligera sospecha de lo que puede llevar a dos personas que solo han compartido una larga noche de copas y conversación —y un café breve dos días después— a retirarse juntas al campo. Imagino, no obstante, que no estaremos solas allí. Me digo: tiene que haber alguien más, una hermana, una amiga de la infancia, alguien.

Ella me da las señas exactas para que salga de la casa a la que me he mudado hace apenas un mes, llegue a la estación y tome un tren que me saque de la ciudad y me acerque a un pequeño pueblo cerca de un parque natural. Es bastante más joven que yo, por eso me gusta especialmente la firmeza y la amabilidad con que da las coordenadas. Se mantiene online, accesible mientras sigo los pasos. Responde de inmediato a mis preguntas: «¿Es esta vía o la otra?». A pesar de sus esfuerzos pierdo el primer tren y es paciente. Me manda una foto del mercado donde está. Al que habíamos planeado ir juntas antes del almuerzo. En la imagen se ve una pequeña calle decorada con guirnaldas, flanqueada por puestos de quesos y verduras.

Queda una hora de trayecto, estoy nerviosa. Ella también. No podré leer durante la hora de viaje, nos escribiremos casi todo el rato. Nos hablamos como si nos tuviésemos cariño porque creo que es cierto que algo así ya ocurre entre nosotras, aunque no nos conocemos prácticamente *de nada*. Sin embargo, confío en la ilusión con la que organiza nuestro encuentro. Por eso me dirijo a la casa con la maleta neutra para el fin de semana, ¿no es así? En la perfumería de Sants le compré una crema para el cuerpo. Una de esas marcas elegantes, pero nada ostentosas, que usaba mi abuela. No sabría entrar en su casa sin llevar un regalo. La crema tiene un olor dulce y ácido a limón. Es un olor fresco, sin anticipación ni intenciones. Nada que ver con el peso de los aceites esenciales de madera de *oud*, sándalo y jazmín con los que me unto muñecas y cuello. El peso de ese perfume desequilibra mi equipaje neutro.

Pienso en los rasgos de la cara que voy a encontrar dentro de unos minutos. Imagino la curva redonda de la barbilla, la nariz pequeña y la melena corta, rubia. Muchas pestañas trazando la línea de los ojos. Las cejas oscuras dando mayor dureza a la mirada verde. ¿Verde musgo? No, más claro, verde bosque de árbol nuevo. Hay un gesto de niña valiente en ese rostro que imagino. Cierta tensión en la mandíbula que no se parece a la gestualidad con la que se suele retratar a las mujeres.

La primera vez que la vi estaba en los lagos de Londres con un grupo de amigas. Sentada sobre la hierba, o más bien echada hacia atrás con las piernas abiertas y los codos apoyados en el césped. Llevaba la camiseta de Comme des Garçons que años después encontraría en su armario, unos vaqueros manchados de verdín, una riñonera cruzada en el pecho y unas gafas de sol que le quedaban demasiado grandes. Jugaba con una pelotita, que lanzaba al aire y recogía sin tener que dedicarle una mirada o interrumpir la conversación con otra chica de pelo rizado y pose ambigua, sentada a su derecha con el vientre al sol. La primera vez que vemos a quien vamos a amar después aparece en retrospectiva como el momento en que el mundo convulsionó y los dados cayeron justo en la cifra adecuada. Entonces sí creemos en el destino, el espíritu, la predestinación.

Sabía quién era, amiga de mis amigos, pero no me habría acercado a saludarla. Intuía algo peligroso en ese acercamiento, la posibilidad casi apabullante de sentirme atraída, y también estaba segura de que era demasiado joven, demasiado Instagram y selfis en baños de locales industriales donde celebran fiestas los *fashion students*, y, por tanto, quizá superficial, interesada principalmente en sí misma. ¿Qué podía aportar yo a alguien así? Tengo un desinterés total por todo lo que no sea la ternura y Ella no parecía tener tiempo para eso.

Compruebo varias veces que la siguiente es la parada y dedico unos segundos a observar mi apariencia en el espejo de la cámara delantera del teléfono. ¿Qué veo? ¿Qué va a ver?

Una ¿mujer? morena me devuelve una mirada antigua y se humedece, en un gesto reflejo que ya conozco, la cara interna de los labios con la lengua. Lleva gafas negras y el pelo sujeto por detrás de las orejas pequeñas, que se comban ligeramente hacia delante por el peso. Los hombros son anchos y los brazos largos y esbeltos cubiertos de vello claro; las axilas cubiertas por pelo oscuro. En el índice de la mano izquierda, un anillo dorado y azul. En el lóbulo izquierdo la asimetría: un solo aro de oro. Una cadena fina cae cerca de un lunar, rodeando el cuello. Esa, acaso, seré yo. Con esa misma apariencia tendré que bajar del tren. Ofrecer la voz tranquila de alguien que ha vivido ya muchos encuentros con mujeres remotamente conocidas, muchos comienzos de amistades, relaciones de pareja, fines de semana de escapada a la playa o la montaña. Y sin embargo...

Temo su rechazo, tal vez porque desde mi poca idea de lo que puede estar buscando en el mundo no entiendo aún qué le interesa de mí. Es posible que no fluya la conversación, que en algún momento se dé cuenta de que no era tan buena idea invitar a una desconocida a la casa de su madre. Pronto sabré quién más va a acompañarnos. Imagino una reunión de aspirantes a artista de veinte años y sonrío por dentro sintiéndome, como siempre, una especie de vieja gloria anticipada, un eterno y excéntrico ejemplar de viejoven que lleva su cuerpo como una basílica que se construyó medio alicaída. Proyecto en la imaginación el sonido de mi voz lenta y las manos que extiendo hacia delante para que las miradas de los otros se me enreden en los dedos y en realidad no me toquen. El pecho plano y fuerte, el vientre moreno, parecida pero nunca tan imponente como mi madre en este cuerpo que siempre he vivido como una hecatombe anunciada. Sé actuar para pretender cierto atractivo. La seducción es un arte que se ensaya, pero que también se beneficia de la experiencia del límite y del fetiche por la fatalidad. Yo vivo de forma perpetua justo un día antes de la debacle, pero lo suavizo con melindres para no asustar a nadie que se atreva a mirarme bien a los ojos.

Llega un último mensaje antes de nuestro encuentro y trato de leerlo manteniendo una postura corporal correcta. Lo de los hombros en su sitio me cuesta especialmente. Coloco el equipaje a los pies y me llevo el pelo hacia atrás por si acaso llegara ya y esa fuese la primera imagen que viera desde lejos.

Me recoge en un todoterreno azul oscuro. Parece chiquita conduciendo un coche tan grande, pero sus brazos se abren a lo ancho del volante sobre el que apoya las palmas. Me sonríe desde la ventanilla. Tiene el pelo mojado y una sonrisa preciosa. ¿No es excepcional este momento? Siento una suspensión de lo real a favor de una imagen que funciona por sí misma, aislada del resto de imágenes de mi vida. «Al final no ha venido nadie, estaremos solas, tal vez mañana se acerquen para almorzar...». No contesto, es definitivo que me ha invitado a pasar solas el fin de semana en el campo y que no me he enterado hasta *ahora*.

Cuando subo al coche experimento una necesidad fetichista de poseer materialmente y para siempre los segundos breves que acabo de vivir. Que nada se pierda y tampoco se transforme. No recordar esto de memoria, no, lo quiero otra vez igual capturado en una fotografía, en un fresco de un templo moderno que componga la imagen de las dos justo en la parte más alta, o en un film mudo de veinticuatro horas donde se nos ve salir de la estación juntas en coche y después merodear por la casa y mirarnos.

Conduce con seguridad y destreza y la admiro disimuladamente por ello. Sí, mi madre me obligó a los dieciocho a sacarme el carné de conducir que está a punto de caducar, pero mi última vez como piloto fue el día que aprobé el examen práctico. Me aterroriza acelerar en los carriles de incorporación y la posibilidad de no ver a un transeúnte en un cruce sin semáforo. Tengo miedo de hacerme daño, de hacer daño a otros. Ella no, sus movimientos delatan que cree tener el control sobre la máquina, que tal vez la máquina prolonga una sensación de control que tiene sobre su cuerpo. No agarra el volante, se apoya en él, lo roza, y el volante se mueve con Ella.

Es actriz. Cuando le pregunto si también actúa fuera del trabajo me contesta con un «no» rotundo y una pequeña defensa sobre el valor de lo natural. Su asertividad me deja totalmente perdida. La observo mover los índices y los pulgares con suavidad, dar una calada al cigarrillo electrónico, meter las marchas, guardar el móvil en el bolsillo derecho del pantalón. Todos esos gestos son demasiado precisos. Se ve que ha ido ensayándolos, aunque ahora no vaya a reconocerlo. Quizá ni siquiera lo sepa. Me pregunto si la diferencia entre las generaciones millennial y Z es que nosotras aún somos conscientes de lo que hay en la vida cotidiana de espectáculo y artificio. Nosotras aprendimos a pies juntillas la teoría de la performatividad del género, mientras que a ellas una aplicación que registra su carta astral les lee los rumbos de su personalidad verdadera.

Torcemos por varias calles y cruzamos la plaza con su esqueleto de mercado vacío, pero después no llegamos a una casa de pueblo, sino a un gran chalet en el campo. Un bloque negro de grandes dimensiones con un módulo central acristalado que protege un jardín de cemento y algunos brotes. Hay láminas de arte en las paredes y un salón con fuego en el centro que comunica a través de puertas de cristal con un jardín trasero, el jardín de césped y árboles. He estado en bastantes viviendas similares antes, pero ninguna con el contraste de los muros exteriores del color de la hulla y el interior de las habitaciones de paredes blancas impolutas. Esa es su casa y de pronto me abruma y enternece la naturalidad con la que entra, apoya las bolsas del mercado, me ofrece un vaso de agua. «¿O una cerveza?».

Me decido por la cerveza. Mientras la sirve continúa la exposición sobre cómo es imposible, para una actriz, actuar todo el tiempo. Lejos de mis teorías performativas, la vida es el territorio de la autenticidad. «Cuando hago un personaje durante muchas horas varios días al final estoy emocionalmente agotada, me duele la cabeza. El cuerpo es como una esponja y guarda memoria de todo. La información se acumula en los fasciales, y hay que soltarla cuanto antes, para eso tengo un rodillo fascial…». Podría haber fingido que conozco la palabra, pero, como hay que ser auténtica, pregunto: «¿Un rodillo qué?».

Rápidamente teclea algo en el móvil y me acerca la pantalla como si fuese otra frase muy bien integrada en la conversación. Veo una especie de tubo de espuma, parecido a lo que utiliza la gente para estirar o masajearse en los gimnasios. Necesitaría también que googlease por mí qué es un fascial, pero puedo imaginar un músculo acumulador de ansiedad que se localiza en algún lugar del tronco no muy accesible. Sé bastante de músculos archivadores de nerviosismo y miedo, aunque mi conocimiento es vago, más bien poético. Ella sigue hablando. Con ese tono profesional

41

de los jóvenes *entrepreneurs* que acaban de descubrir una aplicación que les hará jubilarse a los treinta. Le quedan diez para llegar a lo más alto de su carrera.

¿Hay entre nosotras una diferencia generacional insondable o soy yo, que siempre he sido melancólica y un poco rarita? Se pone muy seria al hablar, tiene una boca carnosa cuyo borde se perfila descaradamente cuando cambia de una idea a otra. Solo querría observarla y escucharla contar su vida. Su vida entera, en un tono incomprensible que de pronto deseo entender. Intento retirar la mirada de su boca un rato. Vale, no se me ha notado. Sigue hablando de libros de autoayuda y de grupos de teatro. De la importancia de recuperar el contacto con la espiritualidad.

Ha mencionado el espíritu. ¿Qué es eso, exactamente? Esta vez no pregunto. Cada vez que vuelvo a fijarme en su cara me parece más bonita. Admiro su resolución, la seguridad con la que se mueve por la casa. A la cuestión del espíritu contesto cuatro cosas sobre el psicoanálisis que no vienen a cuento, porque a pesar de que no hablaría en sus términos, lo que Ella está pronunciando ahora parece mucho más *real*. Me río con ganas cuando hace una broma sobre el arroz que coloca en un bol de ensalada sin recordar ya qué demonios de receta teníamos pensada para el almuerzo. Acabamos comiendo arroz blanco cocido y lechuga muertas de risa. Ella habría querido cocinar.

La tarde entra y se alarga. Nos tumbamos en el césped, junto a los aspersores. No sé quién era yo antes de llegar y no me importa lo más mínimo. El sonido de los aspersores se mezcla con el de su voz. Algunas palabras del catalán aparecen transformadas en frases en castellano. Su acento es un placer. Solo deseo escucharla, saber más, cómo ha vivido hasta ahora.

Señala con el dedo y dice que en esos campos que veo ahí, donde las cañas altas son como plumeros, se encontraba con Mariona por las noches. Ella aún no había empezado bachillerato y su amiga, que venía de otro pueblo, estudiaba Bellas Artes. Un día, fumando flores, se acabaron enrollando. Cuando terminaron de revolcarse por el suelo «nos dimos cuenta de que había un montón, pero un montón de estrellas. Mariona me decía que nunca había visto tantas y yo le contesté que aquí siempre había muchas, pero que tampoco me había fijado jamás. No sé si es porque estaba ciega de fumar, pero de verdad recuerdo muchísimas. Como nunca».

Está contando la intensidad de una primera vez, una mirada que de pronto se abre para ver cosas que siempre han estado ahí. Quisiera saber, si miras ahora, niña, hacia el jardín recortado, a la pared de la casa negra, si observas la hilera de fuentes diminutas escupiendo hacia las briznas, ¿qué ves?

Abrimos una botella de vino de l'Empordà; es sedoso y cálido y temo que si dejo de llevarme la copa a la boca esa especie de bucle en el que estamos intrincadas se suspenda y la atracción termine. Ha encendido el fuego cogiendo los troncos pequeños con las manos y prendiendo bolas de papel de periódico. Para reforzarla, acerca mucho el mechero a la llama. Se lo digo y se ríe de mis precauciones.

«Esto tampoco es la escena de una película, no te preocupes, no hay riesgo. Llevo haciéndolo toda la vida». Lleva haciendo muchas cosas toda la vida, por lo que veo. Ha encendido el fuego sin esfuerzo y llevamos horas en este sofá, hablando. Las películas hacen que todo parezca un escenario. «Qué exagerada, Sara. ¿Quieres saber la notificación de mi horóscopo del día?: "El amor bueno deja una sensación a toallas limpias, no a baile loco sobre la mesa"».

Pues vaya. Bien purista.

Ocurre. Tampoco sé cómo. Nos acariciamos la yema de los dedos sobre el respaldo del sofá. Luego algo se zarandea y me mueve contra Ella. No hay extrañeza ni sorpresa, no se da el ligero desajuste, la conciencia de lo diferente que suelo sentir al entrar en la intimidad de un cuerpo nuevo.

La casa ya parece un lugar conocido, nos hemos quedado ahí, enganchadas en un tacto insólito. No soy capaz de pensar, pero me siento culpable de forma intermitente. Lo que tomo en exceso, ¿se lo estoy quitando a alguien? Como reflejando mi culpa un pájaro se queda encerrado en el jardín central y se golpea contra las paredes de cristal. El sonido del impacto es sordo e impresiona. Ella dice que el pájaro sigue regresando a pesar de que se queda ahí encerrado a menudo. El sonido del cuerpo contra los ventanales me hace recordar el gesto que pone D. cuando oye algo inesperado que le entristece. Hay una inocencia en ese gesto que me despierta una sensación visceral de que haría cualquier cosa por protegerla: de las violentas costumbres sociales, de lo que no entiende, de mí misma.

«¿No te molesta el pájaro? Porque a mí sí. Si no deja de golpearse, tendré que matarlo», dice. Me quedo mirándola sin saber si bromea o habla en serio: el animal ahora significa una realidad que no puedo soportar.

Son las once y media, y aunque no tenemos muchas esperanzas de encontrar algo abierto, salimos rápido en coche para buscar un restaurante. Entramos en el único que no ha cerrado en el pueblo y una mujer menuda, con delantal de algodón blanco y el pelo recogido en una coleta baja, nos atiende en un catalán muy dulce, como si supiese que participa en un momento inaugural. Comemos espárragos verdes y mejillones con salsa de tomillo de una cazuela caliente. En la mesa de al lado está la carnicera del pueblo con su hijo. Cada cierto tiempo nos mira con aire de sospecha por detrás de la servilleta o de la copa de cerveza.

Le pregunto si le incomoda que vean que está con una mujer y contesta que en Barcelona no, pero en su pueblo sí. Aquí la gente es distinta. Están sus abuelos y hay que ser discretas. Parece algo nerviosa, mira de reojo a la carnicera.

—¿Tú crees que se da cuenta? —pregunta.

—Pero ¿de qué? No estamos haciendo nada. —Mi respuesta no logra tranquilizarla.

—Demasiado deseo…

—Tal vez sí se dé cuenta —confirmo exagerando el tono de misterio—, supongo que el deseo es algo que se adhiere a los gestos.

Abre mucho los ojos cuando pronuncio la última frase y nos entra la risa a las dos. Una risa limpia, abierta, preciosa. Está confiando en mí y yo en ella. Pienso entonces que no va a destruir nada; querrá bien, será mi amiga.

El pequeño verderón, compacto y robusto, ya no busca el cristal, ahora duerme en mi bolsillo y está a salvo.

Me he quedado sentada en la cama. Mirándola. Está de pie en medio de su habitación. Siento en las piernas las sábanas frescas, el sabor de su saliva me llena la boca. En la pequeña distancia, nos contemplamos con un gesto intenso, parecido al dolor.

La piel de su vientre me enternece. El deseo de la piel por el contacto, esa necesidad que la hace respirar con aceleración y violentarse hacia delante me enternece. ¿Hace cuánto que nadie acaricia justo en ese punto entre el ombligo y el hueso de la cadera, a cada uno de sus lados? Su urgencia arrojada hacia mí es un regalo, parece una pregunta: «¿Puedes calmarme? ¿Puedes ser tú quien me calme?». Acepto su demanda y asiento con la cabeza respondiendo a la pregunta que no ha sido formulada. Ella me da su urgencia sin saber que es justo esa búsqueda lo que yo necesito tanto. Pronto su voluntad será más fuerte y yo podré desaparecer en ella. No muevo la boca, pero la poso ahí, en el límite izquierdo. Imagino el vaho que podría crear mi aliento si ahora fuese un cristal y no un cuerpo eso que recoge mi respiración.

—Ahora vas a sentirme aquí, aquí dentro, hacia arriba, más arriba. La lengua presionando el cuello, buscando el pulso, una explosión de tonos azules, una banda ultramar que te ciega los ojos mientras te agarras fuerte a mis hombros porque...

—No, así no. Dímelo directamente, con otras palabras —exige.

—Te voy a meter los dedos en la boca y vas a lamerlos mientras toco la cara interna de las mejillas, empujo y hago presión al fondo, hacia el final de tu lengua. Te voy a entrar por la boca muy lento, y después más rápido.

—Más.

Le tomo la cara y le aprieto los labios entre mis dedos. Mis manos son grandes, puedo cubrirla entera, puedo sostener el pecho duro que se apoya sobre mí, un vientre que bufa, un lomo que se curva y que impulsa y se sabe muy ágil, capaz de llegar a cualquier lado, mucho más rápido que yo. Es hermosa, está encima de mí, y esa visión me hiere. Es verdad que la belleza nos hiere así, encontrada de súbito. La perspectiva la encumbra, la enmarca en un altar o una cama de reinas desde donde es transportada. Todas las metáforas de la emoción son antiguas. Y Ella se mueve con destreza, me sujeta en sí o en el movimiento. Pienso que es absurdamente tópico compararla con un gato, cuántos hombres de la historia han escrito libros donde comparaban la elasticidad de la amante con el lomo curvado del felino. Y aun así, en el momento más denso del deseo, cualquier palabra que se me viene a la cabeza está manchada de algún modo con la historia de las palabras que los hombres dijeron de las mujeres. O las que las mujeres dijeron de sus niños. Así que me quedo en silencio, noto cómo a Ella le sorprende mi total mutismo ante una desnudez tan libre, tan cómoda y orgullosa.

Pienso en un lince, porque a diferencia del gato nada tiene de doméstico y sí de visión súbita, de latigazo de belleza más libre que quien quiere capturarla para que el placer de mirar dure un poquito más. La sujeto unos segundos, aprieto sus glúteos hacia mis caderas. Allí el lince se coloca un instante, asiente, encuentra su lugar, el eje de fricción y de sentido; un movimiento que existe mucho antes de nosotras. Estamos enganchadas en ese momento ya sin negociación o ideas, también sin diferencias de voluntad o de carácter. Su aliento me dará hambre toda una noche, donde cada cierto tiempo caemos dormidas para despertarnos por la presencia cálida de la otra, que suda bajo el edredón. Los muslos mojados y una mano que agarra el cuello, lo atrae hacia sí y hunde muy profundo la lengua. Penetrando hasta el fondo de la boca porque el aliento da hambre, porque el hambre es suave y es dulce y ese apetito casi imposible se parece mucho a ninguna otra cosa.

«Sara, en realidad eres como una niña, todo lo vives como una niña. Nunca había conocido a nadie así, es como si todo fuese nuevo para ti».

Por la diferencia de edad, es curioso que lo perciba así, pero sí siento como nuevo el encuentro. Me siento agradecida por una aceleración y una mutualidad que seguro he vivido antes, pero ya casi había olvidado. «Eres como una niña con braguitas blancas de algodón de infancia. Y mojadas, mira».

Aparta la tela de la ropa interior y me enfoca con una mirada rigurosa, seria. Sus labios se entreabren mientras mueve la mirada hacia mi boca y me empuja fuerte los dedos hacia dentro. No sé cómo hace lo que hace, pero me abre el vientre y me tengo que agarrar al otro antebrazo para encontrar un anclaje. Mientras, observo su dedo meñique, con un anillo fino, que queda fuera de mí.

Después ocurre. «No es un momento fácil, ya sabes que me mudo con mi pareja dentro de poco más de un mes y además mi madre se está muriendo», le digo.

¿Por qué suelto eso? Mi madre no se muere, hace apenas un mes me acompañó en la mudanza a Barcelona. Estaba cansada por el nuevo tratamiento, hubo que cambiarlo después de que el cáncer se moviese a las vértebras, sí. Echaba pequeñas siestas en el sofá y en los trayectos en tren, pero también había paseado, tomado vinos con mis amigas. Había aguantado con templanza un recital de poesía insoportablemente largo. Sola se había ido a pasear por la Rambla, cerca del Liceo.

Mamá no se estaba muriendo, pienso que lo he dicho egoístamente, para llamar la atención. Me avergüenzo de un gesto tan infantil. Ella, como si supiese que acabo de decir una mentira, no contesta absolutamente nada.

Cuando regreso a casa un ratón ha caído en la bañera y se ha quedado atrapado. Es muy pequeño, está bajo la caña del grifo, junto al tapón de metal. Puede que lleve allí hasta tres días. La superficie blanca de la bañera está sembrada de heces, que son motitas oscuras, y también de mechones de pelaje gris. No es difícil comprender el cuadro insufrible de la ansiedad. Si sigues su mapa, ves la caída del animal, los intentos por hallar una solución, los efectos destructivos del exceso de energía puesta en la escapada… y finalmente el agotamiento, la resignación. He llegado en esta última etapa.

Voy a la cocina en busca de una bolsa de papel para sacarlo de allí. Lamento tener bañera, mi espacio preferido para buscar calma resulta ser una trampa mortal de paredes resbaladizas para otros. Tumbo la bolsa junto al bulto que respira y le invito a subir, pero apenas reacciona. Con la otra mano, toco la cola alargada y el animal estira el hocico mostrando mejor las orejas diminutas y los ojos redondos. Es más bonito que cualquiera de los hámsteres cuya cautividad nos embelesa. Sin embargo, en la ciudad los de su raza son perseguidos, rara vez consiguen algo más que una sentencia directa de muerte. Queso y guillotina, trampas medievales y humanos chillando, subiéndose al mobiliario, forman parte de la mitología en torno al ratón doméstico.

Consigo al final que suba a la bolsa para escapar de mí, que soy un peligro novedoso, y no de la bañera, cuyo éxodo ya ha dado por imposible. Está extenuado y avanza muy lento, como un ratón nunca debería avanzar en una situación parecida. Le doy unos cacahuetes sin sal y agua y lo dejo unas horas solo en la cocina para ver si logro que tome fuerzas antes de sacarlo de casa. No estoy segura de si come. O de si estoy siguiendo los pasos correctos, aunque parezcan tener sentido. Con la bolsa de papel en la mano bajo las escaleras hasta el portal, tratando de agilizar todo lo posible el saludo a las dos monjas que viven en el primero, para que no perturben a la criatura más voces humanas. Luego camino diez minutos hasta el parque más cercano y busco unos setos espesos, donde liberarlo.

De cuclillas, cabeza entre las ramas, espalda al mundo y hablándole a mi bolsa, no debo parecer muy fiable. Es posible que esté también infringiendo algún tipo de norma, por introducir una «peste» en un espacio público. En realidad, yo diría «devolver». El ratón sale despacio y tarda en ponerse en marcha sobre la tierra dura hacia el seto. Cuando ya lo veo irse, pienso que tal vez yo esté cometiendo un error absurdo. Si entran en las casas, no es para caer en las bañeras, sino para alimentarse y protegerse allí. Hubiese sido mejor soltarlo en mi propia cocina. Un lugar libre de gatos, de niños y de servicios públicos de exterminio.

TRES

Esta que tengo frente a mí es mamá. Es su voz, pero nunca hubiese imaginado su rostro de ese modo. La barbilla afilada, las cuencas hundidas y una sonrisa sin mejillas. Como colgando de una percha de alambres, lleva sobre los huesos su bata de algodón fucsia de invierno que le llega hasta los pies. Una bata cómoda, calentita y desagradable a los ojos. Estoy plantada en medio de la cocina de mi abuela, frente a ella y sin poder moverme. Retiro la mirada de su cuerpo, hablo del viaje desde Barcelona, intento darme un margen de tiempo para escapar de una escena de pesadilla que no alcanzo a entender. Quince minutos antes de entrar en su casa mi abuela me había mandado un mensaje: «No te asustes, vas a ver a mamá muy desmejorada». ¿Era esto lo que el mensaje quería decir? La imaginé con dolores, con más sueño, con dificultades para moverse o caminar, pero no pude anticipar el rostro perdido.

Hablo, hundiendo la vista en mi bolso sobre la mesa, las manos removiendo objetos, finjo buscar el móvil o alguna otra cosa. Necesito tiempo para calmar el impacto. Con frases vacías pretendo normalidad, porque si ella misma no me ha avisado tal vez es porque una estrategia de defensa no le ha permitido enterarse

53

de lo que le está pasando. Pero ¿qué le está pasando? He vivido los últimos diez años alerta y ahora de golpe la confirmación de que todo el sufrimiento, la quimioterapia, las operaciones respondían solo a prorrogar la voluntad definitiva del cáncer. El final que el cáncer busca y desea, con toda su tozudez y derecho de realidad bruta. Hasta ahora solo se veían las marcas que dejaba la medicina en su cuerpo, pero ni rastro de «la enfermedad» desde aquel bulto que modificara levemente la forma del seno derecho. ¿Cuáles son los síntomas del cáncer cuando avanza hacia donde ya no es compatible con la vida? La desaparición de grasa y músculo. Un cuerpo consumido por sí mismo. No hay ninguna bestia royendo en torno a los huesos de mi madre, robándole la carne.

Con la excusa de hacer pis, voy directa al baño de mi abuela. Estoy nublada por el pánico, me cuesta respirar. La escena que acabo de vivir es como una pesadilla diseñada a la medida de mi miedo. Me busco en el espejo, tratando de entender si es la realidad lo que acabo de ver. Regreso a la cocina; mi abuela está picando unos ajos con un cuchillo pequeño, ¿finge ella también? Algunas pieles van cayendo, pequeñas y translúcidas, hasta la cerámica del suelo, pero no las recoge. Sigue partiendo los ajos en secciones tan pequeñas que parece que se va a cortar las yemas. Mamá se acerca a recoger la escoba, a paso muy lento, los pies hinchados dentro de las zapatillas.

La abuela le pide que deje la escoba:

—Ya lo haré yo —dice—, dame un segundo.

Pero mi madre continúa la trayectoria hacia la tarea conocida. No va a dejar de moverse, aunque lo haga lento. Puede empujar el palo con las dos manos y arrastrar la piel de los ajos hasta el recogedor.

—Sí claro, lo vas a hacer tú todo. Además, no te queda tiempo para ti porque te pasas *todo el día* cocinando y comiendo, cocinando y comiendo.

Le da asco el olor a grasa de chorizo en el cocido, y también el del pescado abierto antes de pasar por la sartén. Cree que la abuela debería descansar y dejar ya a su edad tal entrega a las tareas domésticas. Con el último diente de ajo en la mano le responde que también ella debería comer. Es lo normal, lo sano.

—¿O es cosa mía? ¿Soy yo la única que tengo hambre y como?

—Yo como, pero no lo que tú quieres. No me como un pollo gigante para cenar. Un pollo así de grande.

Mamá me mira con un gesto de asco marcando con las manos las dimensiones. Si acaso existió, era verdaderamente un pollo muy grande.

—La semana pasada se lo acabó en dos días ella sola. Pero bueno, a su edad, menuda suerte tener un estómago de hierro.

Vuelvo a repetir unas palabras que parecen exhaustas, sin sentido.

—Sí, hay que comer, mamá. Igual algo más ligero, fruta y vegetales crudos.

—Todos tenéis consejos de todo tipo. El médico dice que tome lo que me apetezca. Aquí huele a grasa de la mañana a la noche, me quita las ganas, me da arcadas.

Imagino que esa ha sido la conversación que llevan teniendo a diario, desde hace meses. Suena el teléfono y mi abuela se lo acerca a mi madre sin descolgar pidiéndole que sea su coartada, que diga que no está, que ha salido a la compra. Mi madre le insiste para que ella misma descuelgue y se atreva a decir que no, que no puede hablar.

—Qué te cuesta, hija, contestar tú y decir que salí un minutito a por pan.

—Si le digo eso, luego *dentro de un minutito* te volverá a llamar. Que no, que tienes que aprender tú.

Aleccionada bajo la autoridad de mamá, la abuela asiente y dice:

—Tienes razón, acaba de venir mi nieta de Barcelona, hace mucho que no la veo y estamos aquí las tres tranquilamente charlando. Cuánto aprendo de mi hija. Es verdad, se lo voy a decir.

Descuelga y se va con el teléfono hacia el salón tejiendo una retahíla de disculpas, mientras mi madre niega con la cabeza, entre cansada y satisfecha. No ha perdido la seguridad en sí misma, y hasta donde sé, tampoco hay un diagnóstico que confirme una situación crítica.

«Todo el mundo es médico y tiene consejos de todo tipo». Su doctor de siempre ha dicho que coma lo que pueda y mi madre considera a ese hombre el principal responsable de la década «extra» de vida desde el primer diagnóstico de cáncer de mama con metástasis. Hemos tenido que creer lo que ellos decían, mi madre y el doctor. Solo ellos saben cosas que nadie más sabe. La vida se negocia dentro de esa relación privada, al margen del dolor de los demás. Un dolor tan torpe, tan desinformado, e incluso egoísta a veces.

Al doctor no le importa lo que mi madre se lleva a la boca durante este último año de bajada de peso creciente. Ante su falta de hambre y nuestro vacío de información, antes de mudarme a Barcelona le compré batidos nutricionales y conseguí que los tomase regularmente. Hoy, cuando abro la nevera, encuentro que hay una balda llena, tres hileras de botes azules y rosas con sabor a chocolate y a vainilla. Es la comida de colores de un recién nacido.

Mi abuela, mamá y yo, sentadas a un extremo de la mesa blanca de la cocina, hablamos de la universidad en Barcelona, de política, de la boda inminente de mi padre. Mi madre tiene aún la tostada en trocitos y un café negro del desayuno sobre la mesa. Se ha despertado a las once y volverá a dormirse dentro de pocas horas. Ese cuerpo nuevo es lento y cuidadoso. La piel fina y plegada parece más suave. No sé si le dolerá si la toco, así que poso mi mano muy suavemente en la parte alta de su espalda. Me digo: no pasa nada por sentir el esqueleto al tocar un cuerpo. No habrá escándalo. No está prohibido que los huesos lleguen tan al borde, y ni siquiera desde el borde llegarían a cruzar al otro lado, donde estamos nosotras hablando y el tono aún puede ser irónico, las palabras llenas de matices. Ella es consistente, nada ocurre, mi mano no la daña ni la atraviesa. Eso hace que me sienta bien.

Intento analizarlo todo, no veo cambios cognitivos en ella más allá de la alucinante negación de su estado. Su memoria está intacta, tal vez pierda ligeramente a veces la capacidad de atención, o simplemente el interés. Razona y conversa como siempre, pero es menos violenta al hablar de papá, como si de algún modo por fin ya no le dañase. Aunque no utiliza esas fórmulas, el modo en el que habla parece decir que mi padre es suyo, pertenece a su historia. Él puede cambiar de vida tantas veces como desee, pero, aunque la niegue, la lleva consigo. Después de tres décadas juntos, su vínculo es también cuestión de sangre.

Estoy a su lado, en lugar de lentillas llevo las gafas y me las quito un segundo. Sabe que sin gafas no puedo distinguir las formas, lo veo todo borroso. «¿Por qué te las quitas?», dice, sentada a mi derecha, con el café negro sobre la mesa y un cigarro en el cenicero. «Me cansa sentirlas todo el tiempo sobre la cara».

Mi abuela protege a su hija manteniendo la estricta normalidad en su voz y sus reacciones, pero yo temo fracasar, que se dé cuenta de que me ciego para no enfrentarme a su imagen, que necesito un descanso para no colapsar frente a ella. Sin la violencia del rostro perdido, en la cocina de mi abuela todo es como era. Su voz es bella y paciente, tiene un acabado juvenil. Casi sin pensarlo he buscado un desenfoque, un desdibujarse de las líneas óseas bajo su cara. Vuelvo a ponerme las gafas con prisa, no quiero que pueda sentir que rechazo en ella lo más mínimo.

A las nueve de la noche despido a mamá en su habitación, donde fuma lento en la cama, con un cenicero de latón con mango de madera en la mesita. Dice que está muy cómoda. Que en la cama se está en la gloria. Nos miramos y sonreímos mientras la beso en la frente para despedirme. No es un gesto paternal. La beso allí porque su frente parece un espacio liso, abierto, seguro, que puede sostener mis labios. Desde allí no caeré, no me deslizaré hacia algún lugar que no imagino. La ayudo a colocar las piernas encima de unos cojines para mejorar la circulación.

Se sostiene el vientre hinchado con cariño, me la imagino embarazada de un lagarto de ojos redondos e inexpresivos, que parpadea muy de vez en cuando y apenas se mueve, con las cuatro patas recogidas en postura fetal y enroscado en su propia cola gruesa. Un reptil flota en el líquido que hincha el vientre de mi madre. Si ella cierra los ojos, al animal aún le quedarán fuerzas para abrirse paso por el ombligo y venir a sentarse donde yo estoy. No lamerá mi mano, ni pedirá atención. Un lagarto benévolo en su indiferencia hacia el dolor angustiado de los mamíferos solo acompaña, respira, palpita.

En la acera frente al edificio de mi abuela, un estallido de ansiedad no me deja cruzar el primer paso de cebra. Se me doblan las piernas. Resulta que sí, esa expresión existe porque responde a una realidad material. A veces, cuando el organismo no puede más, las piernas se doblan. El tiempo se pliega y el cuerpo, extrañamente, sabe.

A la mañana siguiente me doy una ducha y vuelvo a visitar a mamá. Quiero estar muy cerca de ella para acostumbrarme a la impresión de ese cuerpo que yo misma no habría reconocido por la calle. La idea me tortura: podría haberme cruzado a mi madre sin reconocerla.

Mamá es consciente de haber adelgazado «algo»; pero es todo lo que está dispuesta a compartir. Recuerdo aquella vez después de que le detectaran el cáncer en las vértebras, cuando viajé de Londres a Asturias con la promesa de ir al campo para sacarlas a ella y a Chufa del pequeño apartamento donde transcurría la mayor parte de su vida. La perra estaba mucho peor que mi madre, tenía dieciséis años. A veces se quedaba parada, mirando hacia un punto fijo, sin mayor explicación. Había un temblor mínimo, una oscilación en toda ella y la inmovilidad de sus miembros parecía fruto de un rayo que le hubiese de pronto atravesado de punta a punta. Las tres cogimos un tren, y después un taxi, que nos llevó a un alojamiento rural llamado La Montaña Mágica, como la novela de Thomas Mann. Le recomendé el libro antes de ir y mamá lo leyó, lo leyó entero. Yo no lo había terminado, dije que no podía porque no tenía tiempo, pero que las primeras páginas eran de lo mejor que había leído nunca.

La Montaña Mágica de Asturias está hacia el oriente, donde se encuentran mar y montaña. Por la mañana desayunábamos pan con mantequilla y mermelada casera y dábamos paseos por el campo a pesar de que ninguna de ellas caminaba bien. Chufa, sobre todo, apenas podía avanzar, pero quería y, por tanto, continuaba. Era mi única hermana, mi compañera de una infancia como hija única. Hasta hacía poco había sido fuerte, vivaz, obcecada en la recogida de pelotas de goma en el río y buena buceadora. En los campos que rodean la granja, bajo la mirada del Naranjo de Bulnes, frente a una pendiente de piedra, yo la tomaba en brazos y cargaba hacia arriba con ella. Su piel estaba pegada al hueso, especialmente al de las caderas, aunque el pelaje le seguía dando cierto volumen.

Murió días después. En mi libro de Thomas Mann está aún el marcapáginas de mi madre, un pequeño calendario de la librería Paradiso, con un cuadro de Hopper en el que una mujer lee en un tren parecido al que cogimos las tres. En la cara inversa, mamá marcó el 30 de mayo y dibujó sobre los meses de 2014 un corazón grande con nuestros nombres dentro. «Sara, Chufa, Mamá».

Antes de tomar el vuelo para dar la clase del martes, llamo a su amiga doctora casi rogando respuestas, pidiendo el reconocimiento de lo que ya sé. En el peor de los casos, ¿cuánto va a durar esta situación? ¿Es el vientre inflado indicio de un mal que afecta al hígado? ¿Por qué retiene líquidos y se le hinchan las piernas? ¿Por qué nadie nos enseña a reconocer y acompañar a un cuerpo que muere?

Me contesta que le han cambiado el tratamiento hace unos días, y que hay que estar tranquilas, ver si funciona. Por lo demás, ningún diagnóstico, ninguna respuesta. Dudo si todo esto es otro trabajo de mi imaginación, que reacciona ansiosamente ante un cuerpo en el límite de la delgadez. Regreso a Barcelona, eso es lo que a todo el mundo le parece razonable. No soporto la idea de estar sola en casa.

Poco tiempo ha pasado desde que la conocí y ya entro en su apartamento en Barcelona con familiaridad, reconociendo el olor al suavizante que utiliza para lavar la ropa, que pone a secar en un tendedero en el pasillo. Ha limpiado el baño con minuciosidad antes de que yo llegara, y mi cepillo de dientes sigue en el vaso, junto al suyo y al de su hermana más pequeña. Me espera tras la puerta con un gesto divertido, medio quejándose porque me he retrasado unos minutos. Está hirviendo unas judías con patatas para la cena. Sé que después querrá acostarse pronto y dormirá acurrucada a mi espalda. Despertará varias veces en la noche, y sus brazos me arrastrarán desde cualquier esquina hasta donde está.

Miro el espejo alargado del comedor, el que utiliza para vestirse, y me sorprende encontrar mi figura casi perfectamente integrada en el espacio. Tiene sentido ahí, junto a la estantería donde sus hermanas guardan algunas novelas y Ella toda una colección de libros de desarrollo personal en inglés y en español. He mirado cada esquina de esta casa vorazmente y he integrado en mi memoria la disposición y la forma de sus objetos. Le agradezco que me haya abierto su intimidad de manera tan generosa, a mí, que no tengo aún ni hogar ni recuerdos de hogar en Barcelona, solo un piso de alquiler en plaza de España de una empresa de turismo que lo ha decorado con fotos «antiguas» en blanco y negro de las Ramblas y muebles de IKEA.

Canta Chavela que «una vuelve siempre a los viejos sitios donde amó la vida». Si existe el alma y pertenece a los lugares donde amó, puede que un día como un sabueso mi alma busque su casa, donde quizá Ella ya no esté, y vuelva a mover las pesadas sillas de plástico junto a la mesa del comedor con cuidado para no molestar a la vecina de abajo. Vuelva a meter los botellines de cerveza vacíos en el cubo de reciclaje y a tomar la toalla blanca del último colgador del baño empezando por la derecha.

Todos estos detalles se olvidarán si no quedan por escrito, pero si nos despedimos y mi cuerpo vuelve a este lugar, aunque sea después de muchos años, no dudo de que sabrá moverse, reconocerá el peso del cabezal de la ducha al sujetarlo y sabrá los segundos que tarda el calentador en llevar el agua a la temperatura adecuada.

No sé cómo contarle esto sin que se ría de mí mientras trae los platos con las patatas y las judías, que coloca sobre la mesa para echarles un chorrito de aceite.

Las judías están tiernas y las patatas, cocidas justo en su punto. Le hace ilusión que disfrute tanto de una comida tan simple. «Al menos en la comida siempre estamos de acuerdo», dice. ¿En qué no estamos de acuerdo?: «Tú no crees ni en el *after-life* ni en la monogamia. Y para mí las dos cosas son muy importantes».

Creo en el amor. Como algo necesario, algo que cuando se da es inevitable, como es inevitable que ahora esté aquí con ella y la busque, al margen de lo conveniente que sea o no para mi plan de «futuro». Le toco el brazo.

—Creo en el amor. Puede que incluso en la vida después de la muerte crea de algún modo. Por ejemplo, si muriese, tal vez una parte de mí se quedaría en esta casa, volvería a buscar mi cepillo de dientes, que ya habrás tirado. Y en otro orden de cosas, no me contaste qué tal ha ido el ensayo. Cómo eres, nunca cuentas nada.

—No me gusta que me pregunten, así que yo tampoco pregunto. Además, si te pregunto igual me sueltas algo de tu novia y no lo quiero saber.

Es triste su forma de hablar. Pronuncia «novia» como si ella fuese la segunda en una jerarquía indiscutible o la amante de un señor casado. Dice que lo está intentando, toda esa historia de entender que se tienen vínculos distintos con amores distintos. Hasta ha empezado el libro de Brigitte Vasallo sobre el pensamiento monógamo. «Porque me gustas y quiero intentarlo. Pero que lo esté intentando no significa que vaya a funcionar».

Se muda al sofá, donde apoyada en un cojín celeste vacía en un bol una bolsa de pipas. La conversación la ha incomodado e intenta no mirarme a los ojos. ¿Cómo aceptar cada una la realidad de la otra? Yo continúo esforzándome para ser la buena amante, pero a ratos me viene a la cabeza la imagen de mi madre de espaldas, con las costillas marcadas bajo la bata larga fucsia. No sé cómo hablarle de ello, algo en su actitud no me deja espacio para entrar en un tema así. Aunque me atormenta, temo incomodarla o resultarle dramática, sospecho que rechaza la vulnerabilidad y que le ponen nerviosa ciertas emociones. Por encima de mi dolor lo que deseo es gustarle, hacer que se sienta bien. Nuestras conversaciones adquieren cada vez más a menudo el tono irónico de una discusión no muy descarnada. Aun así, soy feliz, en este sofá, en pijama. Quiero que vuelva a la casa vacía, mire hacia el lado derecho del colchón y hacia esta esquina donde estoy sentada ahora con las piernas recogidas y piense en mí.

Soy feliz en su casa. Se lo digo.

«Yo también, quiero estar contigo».

«Ya estás conmigo».

Aparta la cara, no se refiere a eso.

He viajado a Londres para cerrar los últimos trámites tras haber dejado mi trabajo en la universidad. Amanezco temprano junto a D., porque el sol se cuela rápido entre los estores e inunda la habitación, llena de pequeños óleos y conchas marinas gigantes, formas de piedra y arcilla, objetos azules, verdes y rojos. Aunque madruga, es lenta al despertar porque el sueño la atrapa, y siempre hace un ruidito de reconocimiento al abrir del todo los ojos y verme. Sé que me quiere, no hay duda de eso. Soy un lugar que conoce y al que vuelve con alegría y sin esfuerzo. Me pregunto no obstante si puede amanecer de un modo similar con cualquier otra. Me intranquiliza. ¿Precisamente yo necesito sentirme irremplazable?

Sigue intentando zafarse de la torpeza del sueño y se tira al suelo para hacer estiramientos mientras yo me acurruco bajo su edredón. En la casa compartida de tres plantas y jardincito trasero en Hackney tiene el colchón y la almohada más cómodos de Londres. Miro hacia una pila de libretas, que ella misma ha encuadernado con distintos papeles de cubierta, donde reposa la cabeza de un lagarto de malaquita. Con la mano izquierda, toco la superficie rugosa de la pared blanca junto a la que tantas noches he dormido. Hace unos segundos, cuando D. aún estaba ahí, con la derecha podía tocar los párpados que no consiguen cerrarse del todo y recubren sus grandes ojos azules. Tendida y en horizontal, su cuerpo tiene la energía de un dragón milenario. Solo a su lado me relajo y consigo dormir largo y profundo. No me despierto en plena noche, no estoy alerta.

Su habitación está llena de plantitas en recipientes de cerámica y telas traídas de comunidades de artesanos en África e Indonesia. Junto a la ventana la colección de caracolas de sus viajes a las costas del Pacífico. También pequeños animales tallados en madera o en piedra. Un antílope de motas blancas. Un hipopótamo trabajado en un mineral gris oscuro, parecido a un mármol brillante. Ha recorrido la ruta de las especias hasta las remotas islas Banda para diseñar una colección de pañuelos de seda cuyas ilustraciones tienen por tema el comercio de la nuez moscada.

Es una compañera de viaje fuerte, paciente. Para protegernos del viento en la playa, sabe construir cabañas con pareos y restos de cañas rotas. Le aburren los lujos y ciertas comodidades que considera innecesarias. Le preocupa que me gaste el dinero en restaurantes, que coma fuera casi todos los días. Si quiere mantenerse feliz necesita nadar a diario y su animal favorito es la tortuga. Cuando la conocí supe que su carácter, tan de tierra y aguas subterráneas, podía sanar mi miedo a la enfermedad, al abandono y a la mirada demandante del otro. Tardó cinco años de amistad, con encuentros intermitentes, en enamorarse de mí, pero cuando un día lo tuvo claro, no volvió a dudar. Yo estoy dudando sin embargo de su ausencia de duda. Mi tendencia crítica no me da tranquilidad.

Tomamos juntas las tostadas de fruta dulce que prepara cada amanecer, desde hace años, para el desayuno, y salgo a la British Library en metro mientras ella se va a trabajar al *college* en bici. Nos besamos en la puerta del garaje, con el casco ya puesto, pero aún sin abrochar, de modo que el cierre queda colgando por debajo de su barbilla. Una vez en la bici, pedaleará hasta adelantarme y me lanzará un piropo en marcha desde la carretera. Era nuestro día a día antes de mudarme y ahora lo repetimos sin tanteos. D. vendrá a vivir a Barcelona después de Navidad, ese ha sido siempre el plan, antes de lo de mamá y aún ahora, pero el cambio de ciudad le provoca nostalgia y evita hablar de ello.

Llego a la British Library. El chico que trabaja dispensando libros y que durante todos estos años me ha mirado intensamente desde lejos me dice: «You are back». Siempre me ha parecido un placer extraordinario que te reconozcan en esta ciudad. No sé si quien no ha vivido aquí puede entender hasta qué punto es casi un lujo ser reconocido. Su frase confirma algo que después de ocho años todavía me parece irreal: que yo haya vivido en Londres ese tiempo, que existiese entre tanta gente en esta biblioteca histórica donde ahora repaso la bibliografía de una tesis doctoral sobre el deseo entre mujeres. Siempre me ha puesto nerviosa la intensidad con la que me mira, pero hoy le cuento algo de mí, le digo que estoy viviendo en Barcelona, que aún vengo a Londres para resolver algunas cosas. Me doy cuenta de que comparto estos datos para que no me olvide cuando mis visitas a la British Library ocurran cada vez de forma más esporádica. Hoy hablo para existir más tiempo, aunque sea en la memoria de alguien.

Creo no temer a la muerte, pero ¿qué son entonces esos intentos siempre ansiosos por no perder un puesto privilegiado en la memoria de los otros? ¿Cómo entender un narcisismo que tolera la idea de que el cuerpo muera, pero no de que muera la memoria de mi vida?

Trabajo hasta que el dolor de regla ya no me permite concentrarme ni remotamente. «Hello, miss Torres», dice otro hombre mayor al que devuelvo los libros. También nos hemos visto muchas veces. Los últimos cuatro años de la tesis doctoral han pasado muy rápido. Los dos primeros me acompañaba J., una chica delgada y pelirroja, bella y desgarbada, con melena larga y ojos azules. Siempre estudiábamos juntas, la ayudé a terminar su carrera en estudios asiáticos, le editaba los ensayos para la uni y ella corregía mis erratas al inglés o me pedía cita en el médico por teléfono, cuando tenía miedo de encontrarme con algún acento que no consiguiese entender bien. Nos besábamos en los pasillos, a través de las mesas con gente estudiando, y hacíamos el tonto. Hablábamos demasiado alto, estábamos contentas casi siempre los primeros meses. Fuimos novias bastante tiempo. Me gustaba mucho su ternura, algo acelerado en los gestos, la voz, su acento inglés, la belleza antigua del rostro cuando se concentraba para leer y cuando estaba triste. Se pagaba la carrera trabajando como modelo, y nos aprovechábamos las dos de la ropa que le regalaban. Desde pequeña, los fotógrafos y las editoriales de moda habían querido tomar, comprar, retener la imagen de su tristeza. Recuerdo los ojos claros, azul encendido y parpadeante a causa de las lágrimas. La imagen respondía tanto a los cánones estéticos en los que me había criado que era imposible no quedarse fascinada ante el despliegue material de ese momento. Su abuela tiene noventa y cinco años y sigue preguntando por mí e invitándome a tomar té y pastas de mantequilla en su saloncito en Portsmouth.

Creo que desde bebé J. siempre ha estado triste, pero también sabe disfrutar de las cosas cotidianas. Su padre murió varios meses antes de conocerla. También, poco después de conocernos, murió el padre de mi segunda novia, con quien me mudé a Londres por primera vez hace ya ocho años. Las dos llevaban un luto distinto a los que yo estaba acostumbrada, algo depresivo que se asentaba para siempre en un lugar complejo y poco accesible de su carácter. Acaricié mucho el poso lánguido de esos cuerpos, quería entrar, atravesar la carne para sacarlas de allí. Todos mis amores han tenido en común cierta tendencia melancólica. Creo que no lo había pensado hasta ahora. Esa profundidad tocada por el dolor en el reverso de todas las cosas. Desde ahí no se ama nunca superficialmente. La tristeza pausada, no rabiosa o vengativa, da sensibilidad, sabiduría.

D. también vive en esa melancolía, es su paisaje de fondo. Cuando en el último curso de primaria su mejor amiga se mudó a otra ciudad, pasó años sin tener un vínculo de intimidad con nadie. La quería muchísimo, pero nunca se lo dijo. En su ausencia, y para de algún modo demostrarlo, montó una maqueta en el salón de sus padres donde reproducía las tres calles que solían separar su casa de la de su amiga, con los altos plataneros, el quiosco donde compraban la revista de la colección *Insectos Alucinantes*, y hasta una figurita del afilador de cuchillos. Cuando tres inviernos después su amiga regresó para celebrar las navidades con la familia, D. envolvió la maqueta con papel de burbujas y le puso encima pegatinas de salamandras y bichos palo. A la niña le gustó, pero como era demasiado grande, sus padres no le dejaron llevarla a casa. Era una maqueta preciosa, con los adoquines del paseo pintados a mano uno a uno. Frustrada y llena de ira, D. la abandonó en la calle. Dejó las manualidades, por ser cosa infantil, y ya no volvió a pintar por amor.

Me contó la historia en nuestra primera excursión juntas, cuando dimos un paseo por la costa de Margaret. Esa tarde me propuse que estando a mi lado volvería a hacerlo. Ocurrió el verano siguiente, en Asturias. Lo hizo durante unos meses, pero lo dejó de nuevo. No era cuestión de que pintase para mí, sino de que pintase mientras estábamos juntas. Los frutos de su amor los quería durante, en presencia. Como los relojes de Félix González-Torres, intentaba captar la sincronía en el tiempo de las amantes. Había que cuidarse del desajuste, del traspiés acumulado que va alejando las horas, cada una atrapada en su esfera.

Al otro lado de la calle, en una esquina poco iluminada frente al edificio de los cines Hackney Picturehouse, está la cantina vietnamita donde D. y yo solíamos ir a cenar después de ver una película alguno de esos días fríos y húmedos de Londres, que bien pueden caer en invierno o en pleno junio. Hemos quedado allí después de la biblioteca y su jornada de clases en el *college*. La espero a unos metros de la puerta a pesar de que está oscuro y se me congela el vientre bajo un abrigo tres cuartos de paño gris. Ella llega diez minutos tarde, envuelta en dos bufandas de lana, cada una de un color distinto. «Estás preciosa y estás loca por quedarte ahí fuera con ese abrigo. Nunca te proteges bien. ¿Esperas que alguien te saque una foto? Para Instagram».

Se quita los guantes y me sujeta la cara con las manos calientes, haciendo un nido. El gesto me lleva a recordar una noche de nieve volviendo de este mismo restaurante, cuando cogió en la entrada de una tienda de ultramarinos unas cajas de cartón para fabricar un tejadito y que la nieve no me mojase la cabeza. En el restaurante suena la música de siempre, unas voces sensuales y lejanas cantando en un idioma que no puedo reconocer. ¿He de pensar que es vietnamita solo porque está sonando allí? Mi propia duda me avergüenza. Hay un altar con flores de plástico y fotografías de montañas muy verdes hendidas por cataratas. También, en una pared especial, tres imágenes de tres descapotables distintos, orgullo del hombre que se acerca sonriente a preguntarme dónde he estado los últimos meses. Hablo con él. De Barcelona, de la universidad.

«¿Y ella también se irá?», pregunta señalando a D. Lo de mudarnos a Barcelona de hecho fue idea suya, pero anda remoloneando con la mudanza y no ha avisado aún en el trabajo. Le cuesta separarse de Londres.

Sentadas a la mesa de siempre, la segunda junto a la ventana, D. y yo abrimos los menús como si no supiésemos ya lo que íbamos a pedir. Me mira con bondad por encima de un cuadrante de papel plastificado que pone «Tea and dessert». Quiere saber si he estado pensando mucho en mi madre.

Le cuento que extrañamente es como si mamá y yo ahora por fin pudiésemos comunicarnos sin conflicto, me trata mejor. Siento ternura. Al principio me asusté mucho al verla tan delgada, y luego, cuando hice el esfuerzo de integrar esa nueva imagen, me dio ternura. El último día, sentada a los pies de su cama, estaba muy mona con las gafas negras de leer apoyadas sobre la nariz. Yo miraba su mano, que aún tenía la forma de la mano de mi madre. Una mano que siempre hubiese reconocido. Pensé que era otra versión de mamá. Mamá huesitos. Y me gustó. Tengo ganas de conocerla en esa fase. Ver qué conversaciones son posibles.

Frente a nosotras depositan un plato de rollitos vegetales y un cuenco con una salsa espesa de sabor dulce. Pregunto a D. por el trabajo, por las tardes de taller con una diseñadora textil que fue su profe en la universidad y con la que ahora colabora mandando unos prints para el mercado japonés. Hago muchas preguntas, pero por lo general me despacha con frases cortas y se mantiene en silencio. No sé a partir de qué momento comienzo a hablar de Ella. Es un comentario casi intrascendente, pero que denota mi necesidad de llevarla a la conversación, a mi vida. Me pide que no continúe. Estamos cenando, estamos juntas. Ya sabe que la chica es muy amable, muy vital. He ido informando por teléfono. Es suficiente. «Mantenla fuera de este restaurante, por favor».

Tiene razón. Lo siento mucho. Estoy acostumbrada a hablarlo todo con ella e idiotamente me entran ganas de contarle eso también. Aun así, tengo dudas. No sé si está entendiendo lo que pasa. Si lo acepta de verdad o si está intentando borrarlo. Lo que no se nombra no existe. «¿Negación? Deja de decir tonterías. ¿Cómo voy a estar en negación? Me lo recuerdas todo el rato. Solo te pido que el tiempo que pasemos juntas no se convierta en hablar de ella también. Por muy ilusionada que estés. Que lo entiendo, pero ya te he oído».

Ha bebido de mi vaso de cerveza hasta terminarlo. D. es más de batidos de plátano, no le gusta el alcohol. ¿O ahora sí? Pregunto.

«Ayuda a tragar. Igual empiezo a darle a los copazos, ten cuidado, nunca se termina de conocer a alguien».

«Buena. Eres muy listo tú, niñito».

Lleva una camisa rojo cereza de cuello mao que se apoya rígido contra la garganta rozando la piel muy blanca. Sobre los ojos azules y la frente pálida, el pelo negro estirado en un recogido parece muy corto. Cuando piensa en silencio y cuando ironiza sus facciones reposan en un gesto elegante, sin género. Es alta y su espalda es fuerte por los años de natación.

Le digo que le sienta bien la camisa y me contesta enarcando una ceja: «Efectivamente. Mírame bien y acuérdate cuando estés por ahí».

Regreso de Londres directamente a Asturias. Llevo un ramo de margaritas escarlata para poner en el jarrón del cuarto de mi madre. Hay silencio en casa de la abuela cuando cruzo la puerta principal; al llegar, encuentro a mamá de nuevo en la cocina. Sonríe con ojos estancados en un tono amarillento y pronuncia mi nombre con una voz que por primera vez no suena igual que la suya. Sus brazos se extienden para tomar las flores. Tiene algo de ritual llevarle margaritas desde que se mudó allí. Creo que intento dar reconocimiento al hecho de que ese es su hogar, y no el otro, donde vivimos juntas. La cocina está muy limpia y ella deja las flores sobre la encimera muy lentamente para cortarles los tallos. Mi abuela aparece, saluda, se ofrece a hacerse cargo de las flores, pero mamá declina . Deseo que lo haga ella, es algo mágico ver cómo se concentra, su silueta flotando en medio de los objetos. Es capaz de sostener las tijeras, accionarlas. Todo ocurre con precisión, los gestos de siempre efectuados por un cuerpo que ya se retira de entre las otras cosas. Llena un jarrón ligero con agua y atraviesa el pasillo con el paso calculado de los ancianos que ya no pueden caminar, pero caminan. Estoy orgullosa de pertenecer a la genealogía de ese cuerpo que alisa con las manos un tapete de croché hecho por mi abuela antes de colocar las flores encima.

Tiene una luz distinta, busca mi mirada y mi complicidad. Sobre su mesita de noche están los libros que le dejé la última vez antes de irme. Ha leído un poco del *Barrio de Maravillas*, de Rosa Chacel. Todo está perfectamente ordenado en su cuarto. La ayudo a echarse en la cama mientras mi abuela nos mira, supervisando los gestos. Tiene miedo porque mi madre con gran esfuerzo se empeña en seguir bajando ella misma las persianas. No cree que le falten las fuerzas. «El problema lo tiene la manivela, que está muy dura».

Tumbada, enciende un cigarro y le cuesta prender la llama del mechero, pero lo hace. Mi abuela y yo acomodamos la cama para que fume más cómodamente. Mientras manipulamos su almohada, en el esfuerzo por sostenerse a sí misma, detecto en mi madre una mirada oscura de dolor y agotamiento, casi de miedo. Su mirada me atraviesa los ojos, y pienso que tal vez sí sabe lo que le está pasando. Que ese momento es lo más parecido que voy a vivir a un momento de intimidad, de confesión.

El movimiento le da ganas de vomitar y ante la primera arcada corro a buscar una bolsa de plástico, como hacía ella conmigo siempre que me mareaba en el coche. Le retiro el pelo de la cara mientras ella cuidadosamente se asoma a la bolsa sin derramar nada. Cuando era niña, cuántas veces sus dedos esbeltos, llenos de anillos, sus uñas largas, sostuvieron una bolsa para mí desde el asiento delantero. Era un placer vomitar tras el mareo, marcaba exactamente el principio del bienestar, de la recuperación de la tortura del vaivén y las curvas. Ella y yo teníamos controlados mis vómitos de carretera y hoy volvemos a hacerlo tan bien como acostumbrábamos, solo que con los roles cambiados.

Intento consolar a mi abuela con una mirada, decirle: «No te asustes, esto está bien así, mamá y yo sabemos lo que hacemos».

Ella no entiende la eficacia de la bolsa de plástico y trae una palangana. Mamá se niega a meter la cabeza en ese artefacto, prefiere la rapidez del envoltorio que se puede cerrar y tirar para no tener que ver el detalle, el color, la textura: radiografía del interior derramado. Mamá y yo estamos perfectamente coordinadas en la comprensión práctica del momento. Todo está bien, el ambiente cariñoso e íntimo en el cuarto. Con una sonrisa se lo logro transmitir a mi abuela, que abandona la palangana de rescate en la camita de al lado. Ahora la que vomita es suave y cuidadosa, por fin me siento útil. Estamos felices de estar juntas.

Es mediodía, leo en la cama paralela mientras mamá descansa con la tele encendida. Veo su cráneo y la curva de la muñeca despuntando entre las sábanas. Intercambiamos frases breves que son un toquecito en el hombro que denota presencia, más que un verdadero darnos información.

En el documental que suena de fondo se empieza a hablar de la homosexualidad en los animales. El caso de dos hembras de pingüino, entregadas al acto de quererse frente a los visitantes, un acto evidente de romanticismo que había revolucionado a un zoológico y sentado precedente para que los demás zoos de la ciudad descubriesen que también ellos tenían pingüinos homosexuales entre sus filas. La salida del armario *queer* del mundo animal, con los carcelarios cuidadores representando el movimiento. «Se ha descubierto que la homosexualidad animal en casi todas las especies, miles de casos...».

Desde la cama mamá pregunta de golpe, con perfecta ironía, si lo he oído. «Sí», le contesto. La humanidad ha tardado toda su historia en ser capaz de estar delante de dos pingüinos hembra que se eligen y poder verlo.

Media hora después, cuando pienso que sin duda ya duerme,

en ese documental inspirado a su manera por las últimas décadas de activismo feminista se hace una lectura sobre cómo los leones macho son un peso para la manada, donde todo el trabajo y las obligaciones para el cuidado de la vida se gestionan entre hembras. Desde la almohada, ojos cerrados y posición inmóvil, vuelvo a oír a la comentadora responder con fastidio:

«Qué asco».

«¿Qué pasa, mami? ¿Qué asco el qué?».

«Los leones macho», contesta. «Son todos iguales».

Me fijo en su mesita de nuevo, en la esquina más cercana tiene pañuelos de papel y la medicación, que le cambiaron hace dos meses. Mamá está muy preocupada por seguir tomando esas pastillas, y yo, tras constatar que no es un placebo, no puedo comprender que alguien en su estado siga recibiendo tratamiento de quimioterapia. Salgo al pasillo y vuelvo a llamar al hospital, insistiendo en que por favor le pidan a su doctor que me devuelva en algún momento la llamada. Me dicen que lo hará. Necesito comprender, saber algo.

¿Qué estamos haciendo? Las pastillas son muy fuertes para su estómago, tal como está. Llega la noche y el doctor no llama de vuelta.

A la mañana siguiente llamo dos veces más a la secretaría de Oncología, insisto en que mi madre es una paciente en estado muy grave, que necesito que el doctor reconsidere la visita presencial de la próxima consulta. Espero durante todo el día su llamada, nada. Mamá tendrá que ir a visitarle en silla de ruedas. Por el chat de WhatsApp familiar planeamos que lo hará envuelta en varias chaquetas de lana para protegerse del frío y acompañada por sus hermanos.

Mi abuela dice que puede que el nuevo tratamiento le haga efecto, que las otras veces siempre ha mejorado. Que hay que tener esperanza.

Yo tenía dieciocho años cuando le diagnosticaron un carcinoma ductal infiltrante bifocal en la mama derecha. Ahora reviso los informes médicos que guardaba en la carpeta negra como si fuesen a descubrirme algo. Pero el lenguaje taxonómico de la medicina no tiene lugar en esta historia.

> Intervención 20/10/09: Lesión multifocal y multicéntrica en mama dcha. Se realiza mastectomía dcha. más vaciamiento axilar. Metástasis ganglionares 7 de 14. Tamaño de la metástasis mayor 0,8 cm.
> Comentado en el comité de mama del 18/11/09 se decide tratamiento con Radioterapia, Quimioterapia, Hormonoterapia y Herceptin.

No diré más, no nombraré el tumor. No quiero que otras un día comparemos nuestros diagnósticos con el suyo. Tampoco que podamos calcular su mala o buena suerte por haber continuado pisando la acera con botines de tacón diez años después del primer ingreso por carcinoma de mama con metástasis hepática y ósea en estado inicial.

Cuando le hicieron la mastectomía de la mama derecha, yo estaba empezando a leer textos feministas. Como resultado de esas lecturas tenía la intuición, aunque vaga, de que algunos aspectos fundamentales de cómo vivíamos el cáncer las mujeres tenían una naturaleza política. Días después de la operación, cuando yo estaba en mi cuarto y papá en la salita, mamá me llamó desde el baño. Pasaba mucho tiempo allí, lavándose y curándose las heridas, en una intimidad que me parecía misteriosa y un poco triste.

«Sara, ven, mira. Te voy a enseñar algo que no ha visto *nadie*. ¿Quieres verla? La cicatriz».

Me asustó la idea, pero recuerdo ser muy consciente de lo que quería transmitir. Tranquilidad, alegría por el ofrecimiento, deseo de ver. Pensé que eso era político, superar mi miedo —el miedo heredado por todos— al cuerpo cercenado de una mujer bella. La línea cruzaba el tórax, no faltaba un pecho, faltaba carne que se recogía hacia dentro, en las costillas. Estaba limpia la herida, parecía cómoda, la cicatriz bien cerrada. «Está genial, mamá, mucho mejor de lo que me hubiese podido imaginar, gracias por enseñármela», le dije. Y era verdad.

Pero ¿qué significaba que hubiese sido yo la primera en ver el nuevo lugar donde solía estar el pecho antiguo? ¿Cómo miran los hombres a las mujeres enfermas? ¿Cómo se muestran las mujeres enfermas a los hombres que aman? Y cuando las mujeres ocultan su cuerpo, ¿por qué lo hacen? ¿Cuáles son las consecuencias de una mirada que no encuentra el pecho, el objeto fetiche que da sentido a la diferencia sexual?

No puedo contestar. No he vivido en primera persona esta historia. Pero sostengo las preguntas, las agarro, las pongo de frente, porque sí soy hija de un hombre y de una mujer, en el sentido más convencional de los términos, de una sociedad que construye distintos a hombres y mujeres y les hace vivir juntos, les hace procrear, a menudo sin llegar a conocerse... pues nadie ha de pronunciar su verdad, por miedo a despertar horror en la imaginación del otro. Como mi madre, yo también temo ser contemplada con miedo o asco. Y a la vez que temo el aislamiento que conlleva algunas veces la enfermedad, temo la enfermedad con amor, pero sin sincronía, porque el cuerpo que duele rara vez consigue sentirse acompañado. De entre las cosas que me asustan, está en primera línea el viraje de la mirada de una otra que no pueda soportar los cambios de mi rostro acometido por el dolor.

Escribe David Le Breton: «Para comprobar la intensidad del dolor del otro es necesario convertirse en el otro. La distancia entre cuerpos, la necesaria separación de las identidades, hace imposible la penetración en la conciencia dolorosa del otro [...]. Para conocer la violencia del fuego es necesario haberse quemado. No obstante, perdura la impotencia para conocer la proporción del sufrimiento de otro que también se ha quemado». Algún día tuve la esperanza de que Le Breton hablase no de un universal del dolor y la distancia, sino de la historia de los hombres y las mujeres. Todo este tiempo he querido creer que existe otra clase de amantes, las lesbianas, que se caracterizan por ser capaces de imaginar el cuerpo de la otra tanto en el dolor como en el placer.

Entonces éramos tres en casa y solamente a mí me pareció una mala idea que mi madre se hiciese una reconstrucción mamaria casi inmediatamente después de terminar la radioterapia y la quimio. Había que seguir con la vida, decían los adultos, y eso también implicaba tratar de encontrar una imagen lo más parecida a lo que solía representarse antes del cáncer. Las reconstrucciones mamarias son gratuitas en la Seguridad Social, y recuperar «la forma femenina» se considera parte del proceso de sanación de una mujer. A mi madre, para acelerar el proceso, la atendió un médico privado, que la animó a reconstruirse el pecho «cuanto antes», de modo que la enfermedad «no afectase a su autoestima». Eso implicaba un proceso por partes, en el que primero se introducía un expansor bajo la piel para conseguir de forma progresiva y a través de una válvula abrir espacio para la prótesis. Una vez que se hubo instalado la prótesis bajo la piel exhausta, el cuerpo −que también tiene su propia voluntad al margen de las ideas de los hombres− la rechazó.

Cuando el cuerpo rechazó la prótesis, pregunté a mis padres si podríamos denunciar la prisa de aquel médico privado, su preocupación por facturar y por la feminidad de sus clientas. Me dijeron lo de casi siempre: que un juicio sería seguro más costoso y abrumador que intentar buscar otras opciones. De modo que ella aguantó los dolores de la carne maltrecha mientras se informaba de una operación plástica alternativa: la reconstrucción con tejido y grasa proveniente de otras partes de su propia anatomía, que incluían las nalgas y la zona del abdomen por debajo del ombligo. Antes de embarcarse en esa nueva intervención, visité con ella al primer médico «reconstructor» de autoestima. Su presencia era paternalista, bronceada e incluso seductora. Me pareció que estaba totalmente fuera de lugar. Mientras examinaba el cuerpo de mi madre echada en la camilla, yo iba haciéndole preguntas que él no era capaz de responder.

No le hablaba sobre la culpa, sino sobre la responsabilidad, sobre los efectos que sus ideas de hombre heterosexual ignorante de la teoría de género tenían sobre los cuerpos de las mujeres que llegaban a su consulta. Le preguntaba si él, que conocía los tiempos del cuerpo, no podría haber recomendado a mamá, que no los conocía, que se diese más margen de recuperación después de la quimio y la radio. Me sentía enfadada. Y a mi madre le gustaba.

La siguiente operación estética fue realizada con muy buenos resultados por parte de una doctora minuciosa y entregada, que se convertiría después en una de sus mejores amigas. Mi padre acompañó a mamá en todo el proceso, asistieron juntos a las consultas y le envió un regalo después de las largas horas que duró la reconstrucción del pecho y la areola de su mujer. Aunque le había quedado una nueva cicatriz alrededor del abdomen, era fácilmente ocultable bajo la braguita del biquini. El discurso de mamá sobre cuánto la plástica había merecido la pena se construía exactamente a partir de un objeto, el biquini, y un contexto, la piscina del club en verano. Al verano siguiente, todo lo que había sufrido su cuerpo podría pasar inadvertido a una mirada externa y fugaz. La piel del pecho nuevo abultaba la parte superior del traje de baño de dos piezas, y el vientre del que se había extraído la grasa parecía más plano y terso que nunca.

Aunque nunca dejé de entenderla en su deseo de normalidad, creo que a los dieciocho mi rebeldía hubiese deseado una madre sin peluca, con pañuelo de colores, una madre sin prótesis y sin sufrimiento extra por intervenciones plásticas. Luego ansiaba para mí una vida distinta, junto a una verdadera amante lesbiana que no dudase en prohibir cualquier conversación sobre prótesis e intervenciones de cirugía plástica. Que me desease con cicatriz en el torso, como las amazonas y los cuerpos sin género que transitan. Quería conocer a una persona distinta, de fuera de ese mundo heredado de mis padres, donde capital y belleza iban de la mano sembrando en mí el terror a la pérdida del cuerpo deseable. Y quería ser amada por una clase de lesbiana anterior a la legitimación social de la homosexualidad, amada a rabiar por mujeres independientes y hermosas, tratadas a menudo como monstruos y temidas en las calles de los pueblos donde habían nacido. Cuando al fin se divorció, también quise para mi madre lo mismo. Que la adorase una *butch* fuerte y tierna, que fuesen juntas de conciertos, hiciesen rutas con botas de montaña –que se habrían regalado la una a la otra por Reyes– y se quedasen las tardes tiradas en el sofá viendo pelis y comiendo palomitas.

Hacia el final de su vida a mamá llegó a parecerle una buena idea.

Mañana, mientras mamá pasa consulta, yo estaré hablando del París del Segundo Imperio a una clase de cincuenta estudiantes. La idea parece un total sinsentido. Preparo el tema en la camita de al lado, mientras ella fuma con dificultad. Con un artículo de Walter Benjamin sobre las rodillas voy mirándola un poco con el rabillo del ojo, para que no se sienta observada. Temo que se le caiga el cigarro y le queme la piel, del mismo modo que mi abuela teme que fume por la noche y haga arder el cuarto cuando ella no está para vigilarla. Mamá no quiere que nadie duerma a su lado porque aún es capaz de hacer las cosas básicas. Camina a pasos pequeños hasta su baño, que visita a menudo. Siempre hemos sido de hacer pis muchas veces, y ahora lo necesita más. Hasta ayer no nos dejaba acompañarla, ahora me levanto cada vez que ella se levanta, tolera la compañía hasta la puerta, y luego de forma misteriosa consigue hacer pis ella sola.

Por la casa de mi abuela pasan regularmente todos sus hermanos desde que está más enferma. Es como cuando vivían juntos allí, entran de pronto en la cocina, con el hambre de la calle, y se dirigen a la nevera, ahora llena de batidos nutricionales, para cazar unas lonchas de jamón o un pedazo de queso, que luego cortan con un cuchillo curvo sentados a la mesa, acompañándose de un vaso de agua o un refresco. Yo no tengo hermanos y siempre me ha emocionado la familia de mi madre. Algunas veces me sentí una más, la última hija de mi abuela, la que nace después de que todo haya ocurrido. Mamá, la primera, siempre se hizo respetar, se le daba muy bien el rol de autoridad juvenil y cercana, y fue tal vez una hermana mayor también para mí. Ahora los dos chicos entran en su cuarto, el mayor le acaricia el pelo y el segundo lleva a mi prima pequeña de la mano. Me pregunto cómo verá la niña a su tía, si tendrá miedo, si será capaz de registrar su transformación en los últimos tres meses.

Ya entrada la tarde, mamá no habla casi y cuando lo hace, su voz es un hilo delgado, un instrumento imponente, sin fuelle. Sé que quiere quedarse a solas conmigo, que sigamos las dos en su cuarto de la infancia, ocupando las dos camitas paralelas. Mi madre es un pajarito desaparecido y elegante, con unas gafas de pasta para leer que parecen enormes, casi no se le sujetan ya en la cara, pero le dan una apariencia juguetona y tierna. Indirectamente echa a sus hermanos del cuarto después de un rato, deja de mirarlos, deja de hablar.

Cuando nos quedamos a solas, sonríe y dice: «Sara».

Es pequeña y bonita. Diminuta y bonita.

«Mami, ¿sabes que eres lo que más quiero en el mundo?».

«Y yo. Corre, que pierdes el avión».

¿De verdad es lo que más quiero en el mundo o acabo de decir una mentira? No sé si lo he decidido yo o si lo pronuncié porque era un diálogo que ya estaba escrito. No sé si existe una persona a la que más quiero en el mundo.

Hubo muchos conflictos, durante los últimos años sentí que ya no tenía una madre que cuidase de mí, que se preocupase de mí de forma maternal. No hablaré de ellos aquí, aunque eso impida contar al completo nuestra historia. Le reprochaba en silencio que su cariño no era dulce, sino violento y posesivo. Las lecturas feministas que hacían una crítica a la maternidad concebida por los hombres como espacio pasivo de entrega y cuidados no habían cambiado mi deseo de tener una madre «madre». Un refugio tranquilo al que volver, y no uno de trauma y conflictos. Ella decía que yo era una manipuladora, una charlatana, que jugaba con las palabras, que era una seductora y una gran actriz, como mi padre, y que por eso embelesaba a la gente.

Si las madres saben todo de nosotras, entonces, debía de ser cierto. Porque lo repitió tantas veces, sospecho, busco por dentro y rastreo mis vilezas, mido y archivo las veces que actúo movida por el desprecio y el egoísmo.

Entonces la culpa: cree que no la apoyé en el divorcio. Mis padres se separaron, yo no me posicioné, no me separé de ninguno de ellos. Cuando estabas enfadada, mamá, cuando me confundías con el objeto de tu malestar, yo acepté el fardo envenenado y lo llevé a la espalda, regresé un día y otro a tu enfado, para ver cómo seguía, y no me fui. Acepté el insulto si venía del amor. Algunos momentos eran más dulces. Eras suave, amable y compañera. Como ahora.

Casi sin darme cuenta le he dicho que es lo que más quiero en el mundo. No puede no ser verdad.

A las seis y media de la mañana bajo los cuatro pisos de escaleras del apartamento de plaza de España hasta el portal. Escucho un podcast de la Universidad de Cambridge sobre el dandismo en la modernidad para activar en la mente obtusa los contenidos de hoy, e intento sobre la marcha organizar la clase de las ocho. Entre metro y tren de cercanías tengo una hora y media de trayecto hasta el campus y de nuevo no he conseguido dormir más de tres horas seguidas. Me arden las mejillas y la frente, siento los ojos pesados y los músculos doloridos. Como cada día desde hace semanas, me desperté de golpe a las cinco de la mañana, una especie de puntualidad maldita. En plaza de Cataluña entro en un tren ya sin asientos libres, y me quedo de pie en una esquina, ajustándome los auriculares, que se me caen todo el rato. Voy hacia atrás en el podcast para repetir los últimos cinco minutos: «El dandi no era un vanidoso ni un aristócrata, sino el sujeto que sublimaba su vida en la búsqueda activa de una versión estilizada del propio yo...».

El dandi. Pienso en chicas de cabello corto vestidas con traje, ofreciendo cigarros de su pitillera y encendiéndolos entre los labios de otras chicas con falda de tubo y medias negras. Después en mi madre, en una foto en blanco y negro donde aparece fumando sola delante de un sauce, con el pelo recogido en un moño y zapatos de medio tacón cuadrado. Recuerdo mi adolescencia. Todo ese ejercicio de sofisticación de las formas, también la búsqueda de otro tipo de inteligencia que me llevase más allá del habla usada a mi alrededor. En mi ciudad costera, ya era un problema suficientemente grande ser lesbiana, así que tenía que proteger a mi familia siendo irreprochable en todo lo demás. Me importaban mi madre, mi padre y mi abuela. No quería que pasasen vergüenza, ni ser el motivo por el que en su círculo se bajase la voz al contar alguna cosa. Perseguí mis propios objetivos mientras cumplía con algunos valores «universales»: vestir correctamente, sonreír, emplear los gestos de mi género, conseguir becas, ser aceptada en universidades de Londres.

No quise traer malestar a nadie, sigo sin quererlo. Por eso a veces tiemblo detrás de la escritura y nunca cuento del todo la verdad.

En el despacho recojo unos libros y luego recorro los pasillos con premura para llegar a clase los cinco minutos antes de rigor. No he conseguido aún aprenderme bien el mapa del edificio, he de tener cuidado en seguir siempre la misma ruta para no perderme de camino al aula. Un grupo de estudiantes hablan entre ellas en la puerta y me sonríen al llegar. ¿Qué edad tienen? No parecen mucho más jóvenes que yo. En clase escuchan con los ojos muy abiertos y voy siguiendo sus impresiones en los cambios de postura y de gesto. Algunas también estarán enamoradas, y en medio de la lección sobre Baudelaire se les cruzará el recuerdo de la cara de su amante mirándolas muy fijo. Algunas habrán perdido ese rostro para siempre —ya nunca volverán a mirarlas justo de ese modo que recuerdan— y la idea de la pérdida será igual que el desencanto mismo con la vida, de modo que el pesado de Baudelaire y sus ideas sobre lo excepcional no podrán interesarles lo más mínimo. Yo tampoco habría elegido hablar de él esta mañana, y voy tanteando entre todo lo que sé para intentar encontrar, dentro del tema, aquello que se parezca más a mi vida.

La mente está nublada. Delante de cincuenta personas y con un café caliente en la mano, me apoyo en los textos y les leo el único poema en el que puedo pensar ahora mismo. Baudelaire escribe a una mujer que pasa por la misma calle que él transita. Una mujer desconocida, alta y delgada, vestida de luto riguroso. La imagina tocada por una pena que marca su modo de andar. Nombra al huracán que cree ver en sus ojos, tal vez de un azul lívido, dulce. El dolor hace que sea una interlocutora posible para la clase de amor sublime al que él aspira.

Un relámpago... ¡y la noche otra vez! Fugitiva belleza
cuya mirada me ha hecho de pronto renacer,
¿no volveré ya a verte más que en la eternidad?

¡En otra parte, muy lejos de aquí!, ¡demasiado tarde!,
* ¡tal vez nunca!,*
porque ignoro adónde huyes y tú no sabes adónde voy,
¡oh tú, a quien hubiese amado, oh tú, que lo sabías!

Solo el presente puede ser el tiempo del amor, empiezo diciéndoles. Pero no el presente de la productividad y la seducción en un mercado competitivo. El tiempo acelerado de la ciudad moderna, el París en crecimiento del Segundo Imperio, proporciona el cruce de caminos y el encuentro breve de las miradas que el poeta intenta capturar. La mujer descrita es una vida distinta a la suya, con su propio pasado y su albedrío, que la dirige a un futuro incierto. El encuentro de miradas en el anonimato acelerado de la ciudad revela lo posible imposible: la posibilidad de una unión íntima que no se realizará porque a los cuerpos los mueven dos voluntades distintas, dos caminos, dos objetivos. París, la ciudad de los bulevares y las jornadas de trabajo, acelera los ritmos y los organiza de forma que hay planes, proyectos. El amor sublime no puede surgir en medio de todo esto más que como un relámpago, un indicio. Del reconocimiento de la vida en esos ojos, no obstante, extraemos la esperanza de que amar sería viable si el tiempo quedase suspendido y la voluntad en sincronía.

«¿No os parece que hay reciprocidad en ese reconocimiento que registra el poema?: "Tú, a quien hubiese amado, tú, que lo sabías". O tal vez solo sea la ilusión de una reciprocidad proyectada sobre una extraña que lo miró un segundo antes de parpadear y pensó que el poeta era un tipo muy raro, con rasgos más bien perturbadores y el traje no muy limpio. No lo sabremos nunca, seguro que Baudelaire tampoco.

»En todo caso el amor no cumplido, no puesto a prueba en los distintos escenarios de la vida, suele tener muchas papeletas para quedarse en un lugar ideal de la memoria. El amor que no materializa es pura idea y como idea puede terminar siendo el tótem que representa y captura todo nuestro deseo, el deseo mismo. A ella nunca podremos dejar de desearla porque nunca la vida permitirá que lleguemos a conocerla. Como os decía en la otra clase, el deseo es una fuerza que busca resolver el misterio del otro, su diferencia, su enigma. El deseo desea su propia extenuación. El amor es otra cosa. Tiene que ver con la familiaridad, el reconocimiento y la vida. Aunque esto solo es la forma en la que yo ordeno mi pensamiento. Hemos de atribuir significados a las palabras con rigor si queremos comunicarnos. Definid vuestros términos libremente, pero dedicad tiempo a entender qué significan las palabras que decís a los otros. Las que me decís a mí. Para el ejercicio escrito de la primera entrega esto es lo más importante. No escribir con frases vacías, lugares comunes, morales de turno».

Hablo y tengo en la mente el rostro de Ella un momento en que nos despedimos en un vagón del metro. Yo iba sujeta a una barra de metal y ella se agarraba a mi cintura y apoyaba la cara en mi jersey porque tenía sueño. No sé si alguien es capaz de no hablar de la vida, de su propia vida, cuando entra a dar una clase. Lxs estudiantes, sin duda, están pensando en ellxs mismxs y yo, como ellxs, soy una presencia casi adolescente, atrapada en el sube y baja de las pasiones, encajonada entre el amor y el miedo.

Al salir de clase escribo a mi tía para preguntarle si han conseguido que mamá acepte ponerse unas braguitas de pañal durante la noche para no levantarse tanto al baño. Mi imaginación me la juega una y otra vez pintando una escena donde está tirada en el suelo del pasillo y de pronto empieza a sentir todos los dolores que no ha sentido hasta ahora. Al cabo de un par de minutos mi tía me confirma que ha aceptado ponerse la ropa interior absorbente. Añade que han llegado los resultados de la prueba médica pendiente y que su doctor, que no me ha devuelto ninguna llamada en los últimos días, ha encargado que esa tarde la visite una unidad de cuidados paliativos, para comprobar si necesita algo.

¿Eso es todo? En la última visita le había cambiado la medicación, le había dado unas pastillas de quimioterapia. Luego se volvió completamente ilocalizable. Un mes después, el día de la cita programada, en un modo tan simple llega tarde la confirmación de lo que ya sabíamos. ¿Qué hemos hecho mal para que el proceso resulte un baile alucinado de máscaras? Ahora por fin podemos ser sinceras. Ella también lo sabrá. Paliativos, la fase final de diez años de cáncer. Una fase sin esperanza ni metáforas de lucha, vencedores y enemigos. Me imagino lo que llega como un periodo de verdad, de comunicación, aceptación de lo que hay. Deseo vivirlo con mi madre. Tomarla en brazos, así de pequeña como está ahora, poder cantarle una canción o más bien, un tarareo que la envuelva, que suavice el poco peso del hueso y la rozadura de las sábanas.

Me despido por teléfono hasta mañana; tomaré ya un avión, llegaré antes del mediodía.

Luego hago la cola de la cantina de Filosofía y Letras y me quedo al final, de pie, con un café en la mano. Doy un primer sorbo acelerada y me hace daño en el estómago vacío. Pido también medio bocadillo y lo guardo entre servilletas en un bolsillo de la mochila. Sé que no seré capaz de cocinar cuando llegue a casa, que no seré capaz de dormir cuando llegue la noche. Por eso abro la página de Booking desde el móvil y busco qué habitaciones de hotel están disponibles en Barcelona para esa noche. Sé que hoy Ella va a la ópera y de cena con un familiar, pero igualmente le envío un mensaje, por si quisiera pasarse a dormir conmigo cuando termine.

La respuesta es casi inmediata: acepta la invitación sin dudarlo. Es un regalo que en algún lugar de esta ciudad abarrotada de gente alguien no dude en compartir la noche. Busco un hotel cerca del Liceo para que pueda llegar caminando, para que pueda llegar cuanto antes.

CUATRO

No recordaré casi nada del funeral. Me preguntan si quiero leer algún texto para mi madre. Alguien le ha dicho al cura que la hija escribe. Pero ¿cómo voy a escribir algo así en un par de horas? Y sobre todo, ¿con qué entereza voy a leerlo o voy a echarme a llorar en la parte más alta, más visible de la nave central? Declino la propuesta. No estoy preparada y el funeral de una madre merece silencio. Un silencio grueso y pesado, que baje por la frente empujando los párpados y ahogue la garganta obturándola de aceite. ¿Hablar ahora delante de todas esas personas? No quiero convertirme en protagonista del evento. Es a mi madre a quien debí haber hablado al oído, con voz suave: «Tranquila... sabes qué hacer, no dudas, al final has ganado el descanso, escucha: Aquí están los síntomas de la tierra que se hunde en el agua...».

La iglesia está tan llena que parece la misa de gallo en Navidad. En muchas misas de gallo he acudido a ese mismo lugar y me he sentado en un banco entre mi abuela y mi madre. Ahora en primera fila está sentada mi abuela con los hijos que le quedan, y yo me pongo en segunda fila para estar junto a D., que me sujeta la mano con su mano pequeña. En cuanto supo lo ocurrido tomó el primer avión desde Londres a Madrid y pasó la noche en una habitación de veinte personas, en un *hostel* reservado a última hora para llegar en autobús al funeral en Gijón a la mañana siguiente. En el baño compartido se recogió el pelo y se metió en un traje azul pálido, que mantuvo perfectamente planchado con un esfuerzo que me cuesta imaginar. Esperó desayunando en una cafetería al lado de la iglesia y al verla me sentí tan agradecida por su viaje, por el azul suave de su chaqueta, por su presencia tranquila…

Para que la mano de la hija de la mujer cuyo funeral estaba teniendo lugar fuese sostenida durante la ceremonia, ella solita, bien aprendida la decencia en casa, decidió ponerse en segunda fila, oculta entre otros cuerpos más visibles.

El cura elige un pasaje sin sentido que habla del pecado original y del rol de la mujer primera en todo el asunto. «¿Estará en maldita broma leyendo eso?», aprieto a D. empujando nuestras manos entrelazadas hacia la pernera de su pantalón. El pecado, el pecado. Una risa angustiosa por dentro. Mamá me miraría con cara de circunstancias, intentando evitar que hiciese algún comentario en voz alta. Solo mamá, D. y yo entendíamos lo que se estaba predicando. Y mi rabia por tener que escuchar ese panfleto en su ceremonia de despedida. «Mala suerte, Sarita», diría ella, «hay cosas más salvables en los libros sagrados».

Cuando al final de la misa la multitud comienza a acercarse para dar el pésame, me siento absolutamente incapaz de recibir de golpe todas esas caras. Una señora que no puedo reconocer me pone su mano en el pecho y con cara lastimosa comienza a repetir: «Pobre niña, qué pena de niña».

Rompo a llorar y D. y yo nos escurrimos a los bancos del fondo para perder definitivamente el protagonismo. Quiero ver lo que ocurre desde fuera, como lo vería una muerta.

Siento un pinchazo constante en los riñones y se ha acentuado la dificultad para respirar. Han pasado dos días desde el funeral de mamá y estoy tomando el último vuelo a Barcelona para dar una sesión de Literatura Comparada a la mañana siguiente. No he llamado a la universidad para pedir un día libre, porque de pronto dar esa clase es lo único que tiene sentido. Mientras estuvo enferma, insistió con severidad en que yo no faltase al trabajo. ¿Por qué iba a hacerlo ahora, que ya no puedo ir a verla?

Me lleva mi padre, es una costumbre; la diferencia es que esta vez ha ocurrido algo de lo que no hablamos. Papá no va a hablar nunca de ello, tampoco de ella. El pasado es pasado, y el pasado que dolió es enterrado para siempre.

«Sara, tú tienes la capacidad de contar historias y hacerlas más benevolentes de lo que fueron, pero yo no. Yo corto, y después me olvido, no creas que ando sufriendo por ello». Al cruzar la entrada, arrastra mi maleta por el pasillo y dice: «Ahora comerás algo». Camino junto a él mientras se acerca a la barra de la cafetería con un billete en la mano. Me hace un gesto para animarme a pedir.

Risueño y hasta feliz me deja en la cola de salidas y, cuando ya paso el control de seguridad, saluda desde el otro lado con un gesto efusivo. Llevamos años respetando el ritual: llego a las escalerillas mecánicas y me giro para mirar atrás. No sé qué significaría para él que un día yo dejara de hacerlo. ¿Se conserva un vínculo si se cambian los gestos? Ambos tenemos como único repertorio base el romanticismo, lo llevamos a todas partes en el habla, en la elección de los espacios y las formas de tratar. No diferenciamos, el amor es uno, sea para quien sea, y siempre pide dar, estar presente, estar eufóricos, mirar atrás en las despedidas.

Si las cámaras del aeropuerto hubiesen registrado los cientos de veces que crucé ese arco de seguridad tal vez se revelase un cambio definitivo en la cara; el viaje después de una pérdida fundamental. Sin embargo, al subir a la planta de salidas, extrañamente me obsesiono con tener tiempo para pasar por la tienda del aeropuerto y comprarle a Ella unos quesos asturianos. Antes de viajar le había prometido que se los llevaría, no quiero faltar a mi palabra.

Todo puede ocurrir, puede ocurrir la muerte, pero cumpliré lo que dije mirando a esos ojos que ya sospechan de mí. Que desconfían porque he fallado, desde el principio la he fallado por no ser el gran amor que aparece sin pasado ni presente, solo con la promesa de un futuro para ella.

Cinco minutos pasan ya de la hora de embarque impresa en el billete. Qué quesos, qué malditos quesos venden o no venden en la tienda diminuta de *duty free*. Todo me parece demasiado curado o demasiado graso, untuoso y vulnerable a los envites del viaje, o duro y difícil de cortar. Enmaraño a la dependienta en una conversación insoportable sobre grados de consistencia y texturas —nada a lo que tenga la responsabilidad de responderme— mientras, a unos metros, veo desaparecer a las últimas personas de la cola de embarque.

Sonrío y digo «Gracias» todo el tiempo tratando de dulcificar mi ansiedad increpante, mi imposición al haberla convertido esa tarde en una especialista en quesos, una dependienta de una carísima tienda gourmet que ha de inventarse los discursos que añaden valor a productos sencillos, o una celestina que ha de adivinar el regalo ideal para el objetivo que hay que seducir. Solo es una tienda *duty free*, venden latas de fabada y pastas de mantequilla al lado del tabaco y los perfumes. Sonrío y digo «Gracias», porque voy vestida de negro y las gafas oscuras me cubren la cara, y llevo el pelo muy largo, y un traje con corte de caballero, pero aire de niña de papá, y estoy segura de que parezco arrogante, una persona aburrida que puede permitirse traducir la duda existencial a la angustia por la selección de quesos regionales. O quizá parezca alguien sin tiempo, que ha de llevar un regalo para calmar las aguas en su casa, pero no se acuerda de ello hasta el último instante, tras la llamada a los pasajeros con vuelo a Barcelona.

Al final escojo uno de cada clase menos del azul de untar, endeble y oloroso, y pregunto si me los puede «poner monos» en una cajita con una botella de vino.

«Lo siento, no hacemos estas cosas en la tienda del aeropuerto. Es un aeropuerto *pequeño*».

Sigo sonriendo y pido perdón. Compro para mí un lápiz rojo, de un rojo bonito, antes de reparar en que lleva escrita la palabra «Asturias» en un lado y de que, por eso, es bastante posible que no vaya a usarlo nunca. No puedo tolerar un lápiz que dice «Asturias» en mi mano, igual que no tolero mis regalos esparcidos de cualquier forma en una bolsa del *duty free* con el tíquet en el medio. Sin embargo, sí parezco poder arrastrarme con el dolor fuerte en los riñones. La falta de aire me dificulta seguir pidiendo perdón cuando alcanzo la mesa de embarque, perdón cuando tienen que facturarme la maleta porque ya no hay suficiente espacio en cabina, perdón al personal que se encarga de gestionar el equipaje. Es tarde, ya nadie espera que una última persona atraviese el pasillo buscando su sitio. Sigo pidiendo perdón por dentro: a D., a Ella, a mamá.

Perdón, mamá, ¿qué hago yo enamorándome en medio de todo esto? ¿Quitándote protagonismo?

La mujer con asiento en el pasillo a la que hago levantarse para ocupar el mío me mira extrañada porque afuera ya no hay luz y sigo llevando gafas de sol: «Disculpe, lo de las gafas no es esnobismo, es que son graduadas, no veo sin ellas».

Arruga la frente a modo de repuesta a mi explicación, que no me ha pedido.

Creo que he logrado terminar la clase sin que nadie se dé cuenta de que el funeral de mi madre fue hace dos días. Intento que la disfruten, pongo atención en mi modo de mirarlxs a los ojos. Una mirada directa es una oportunidad de vínculo que no todo el mundo soporta. Si la mirada que me devuelven es dulce en algún momento comenzamos a tenernos cariño. Las miradas de algunxs de mis alumnxs son empáticas, veo que se preocupan de que yo, allí sola desde mi pedestal, también esté bien. Por eso no quiero contarles lo que ha ocurrido, porque si llegaran a ponerse en mi lugar no podríamos dar la clase.

Soy insuficiente como profesora de universidad, si hay que valorarlo en el sentido clásico. Tal vez sea mi personalidad o mi pésima retentiva. El programa de la asignatura de Literatura Comparada es muy amplio, cubre décadas. Nunca fui una estudiante que repitiera la lección de forma sobresaliente, he pasado con pena y cierta gloria por el sistema educativo gracias a determinadas artes. En el centro de ellas estaba la pasión: sentía profundamente todo aquello que tenía para decir, lo había pasado por mi cuerpo y por mi experiencia como un tamiz que aporta información al grano que criba. Hoy soy el mismo perfil que era de estudiante: si me centro en datos y coordinadas históricas dudo y me paralizan las inseguridades, entro en un sinsentido donde no percibo ningún control sobre la materia. Sin embargo, cuando tiendo mapas de conexiones conceptuales, pasadas por esa cosa animal que es la experiencia, parece que todo lo que digo retumba como una verdad.

Desbloqueo el teléfono y al hacerlo leo un mensaje de Ella, que me pregunta cómo me encuentro y me dice que si estoy triste puedo irme esos días a su casa. Es un mensaje simple y bonito, en el que también leo: «Ven, cenaremos verdura hervida y abriremos dos botellines de cerveza. Ven, mi casa también es un lugar para descansar tu intimidad, tu agotamiento».

D. se muda a Barcelona dentro de una semana, como hace meses planeamos. Por herencia de una tía tiene un bajo convertido en loft en la Barceloneta, justo al lado del mar. Cuando vivíamos en Londres nos ensoñábamos pensando en la decoración, la cerámica para la cocina, las compras en el mercado del barrio y los baños en el mar. ¿Cómo han podido pasar cosas tan bestias desde entonces? No es la primera vez que tengo una relación con otra persona desde que estoy con D. Ese no es del todo el problema. El problema es que sospecho que Ella va a necesitar que yo ame menos a D., la cuide menos, la desee menos. Se puede hacer malabares cuando la persona de la que estás enamorada tiene una relación en otra ciudad, pero ¿en la misma? Inviable. Eso está pensando. Y no le quito ninguna de las razones que tiene, aunque para mí por un lado estén las razones y por el otro el amor y la vida.

Si la viese llegar por ese lado de la calle, si llegase Ella, mi cuerpo se iluminaría, movería la cola muy rápido, los pies se lanzarían hacia la dirección de donde viene. Si por el contrario apareciese D., de igual modo mi cuerpo la reconocería, movería la cola, tal vez tardase unos segundos en certificar si verdaderamente está en la ciudad, si es D. y no otra. Luego encontraría la mirada azul y buena, caminaría hacia ella atravesando una ruta que de tantas veces recorrida ha dejado un surco hondo en la tierra. La ruta fiera del agua.

Llego a casa después de clase y me encuentro con que toda la ropa de cama está atrapada en la lavadora. Apoyo el maletín en el suelo y la bolsa con yogures, arándanos y café que pretende contener todo lo necesario para mi subsistencia los próximos días. Soy incapaz de enfrentarme a esa ventana redonda que transparenta sábanas mojadas, y sola en la cocina empiezo a lloriquear mientras aprieto botones sin ton ni son. Está claro que soy una inútil, que no puedo cuidar de mí misma. ¿Cómo consigue la gente tener trabajos de ocho horas, hijos y una cama con la colcha limpia? De pequeña, en casa, mi padre tenía una carrera laboral exitosa y yo unos resultados medios en la escuela. Mamá, tras renunciar a su trabajo como abogada para cuidarnos y renunciar también a las oposiciones para jueza, se encargaba de las coladas sin demasiada emoción. Encogía la lana con la secadora. No lavaba a mano las prendas delicadas y contrataba el tedioso planchado de las siete camisas semanales de mi padre.

Gimoteando y con mocos me dirijo a la sala de lavado y secado automático que hay justo detrás de casa, en la avenida Mistral. Antes intento escurrir el exceso de agua en la ducha y en una bolsa de la compra cargo mi cama mojada.

La sala es blanca y azul y pretende dar una sensación de limpieza. No es un paisaje decadente como yo creía, está provista de pantallas táctiles e instrucciones para descargarte una app que te avisa cuando tu colada está lista y puedes pasarte a recogerla. Me conformo con una opción de secado de menos de diecisiete kilos, durante veinte minutos. Pago dos euros cincuenta, y me confundo al meterlo todo en una secadora distinta a la que había seleccionado. Vuelven a caerme las lágrimas, esta vez observando estupefacta cómo gira una máquina vacía. He de esperar veinte minutos a que la colada fantasma termine para luego esperar otros veinte por mi ropa de cama.

Saco del bolso un libro titulado *Otra vida por vivir* que me prestó Anna; trabajó de librera mientras estábamos juntas, y es la persona que más libros bellos conoce. Leo varias páginas sobre un hombre que pasa un invierno solo en una cabaña entre la nieve para superar un fracaso en el trabajo. Aislarse en la nieve me parece una respuesta excesiva a un fracaso profesional, pero lloro cuando comienza a hablar de una zorrita famélica que le visita cada noche para compartir la cena, y que más adelante encontrará disecada en el salón de un tipo aficionado a la caza.

Con la colada seca salgo a la calle y me quedo mirando las plantas de una pequeña floristería. Hemos quedado dentro de tres horas y quiero llevarle algo más que unos quesos del *duty free*. Miro las margaritas amarillas, las ramas olorosas de eucalipto joven, las peonías. Lo que realmente deseo es un objeto conjuro que haga que nuestra relación sobreviva a esta semana de vida que parece quedarle. Pienso en regalarle flores, pero parece un gesto repetido que entraña una traición. En Londres, a D. solía llenarle el cuarto de flores cada vez que me quedaba varios días en su casa. Le ordenaba los objetos sobre el escritorio, le doblaba sobre el sillón la ropa tirada en el suelo, hacía la cama y colocaba varios recipientes con crisantemos amarillos y naranjas. Quedan pocos días para la llegada de D. a Barcelona.

Busco una flor que no haya regalado nunca y que sepa que no regalaré nunca a D. Miro también las plantas, me fijo en su color, en el brío y la carnosidad de las hojas. Supongo que busco un rasgo de salud irreprochable, casi artificial. Busco las más altas, las más verdes, las que puedan dar luz a su salón y hacerle compañía muchos años, pero todas le gustarían a D. Nada me convence y pregunto a la dueña del local si tiene algo mejor. Me dice que tiene una orquídea fucsia: gigante, algo pesada y bastante cara.

Abandono la bolsa con mis sábanas ya secas en la floristería para salir abrazada a la maceta; intentando distinguir la acera a través de las hojas, avanzo con dificultad.

Siempre pasan muy pocos segundos desde que llamo a su puerta hasta que Ella la abre. En esos segundos juego a imaginarla: ¿cuál será su expresión? ¿Alguna que ya he visto antes y puedo reconocer? ¿Tendrá energía o estará cansada? ¿Cómo me mirará? Lleva un conjunto de deporte negro y la melena recogida. En la mano derecha sujeta un trapo a rayas porque ha estado preparando la cena. Es la primera vez que le abre la puerta a alguien cuya madre acaba de morir y no quiero que eso la ponga nerviosa. Sonrío, la abrazo, y me giro para ofrecer la planta apoyada en el suelo. «Para tu cuarto...».

Por su expresión no esperaba un regalo, pero le complace recibirlo. Comenta que al apartamento le hacen mucha falta plantas. Ella misma llevaba días pensándolo... Luego va hacia el salón y la coloca junto a la ventana. Yo había pensado que podría ponerla en su habitación. Niega con la cabeza: «No es bueno dormir con ellas, roban el oxígeno».

Dormimos con personas y nadie se alarma de que podamos ahogarnos por ello. Cualquier chica que traiga a casa le quitará más aire que esta pobre orquídea.

La sigo hasta la cocina, donde hay una olla llena de puré de calabaza. Retira el recipiente del fuego recién apagado y me observa unos segundos. Llevo la mano a la goma de sus pantalones de correr. La piel está todavía húmeda y templada después de haber sudado. Se agita un poco, sorprendida.

«Estaba intentando no agobiarte con mucho contacto. Creí que estarías triste».

Estoy triste. Le pido que venga a la habitación un rato.

Rodeo su nuca y la acaricio para empujarle la lengua en la boca mientras sostengo las caderas pequeñas con el brazo libre. Sus movimientos son suaves y me siguen, intenta no proponer ni iniciar el movimiento. Le pido que lo haga, estoy exhausta y la quiero dentro, pero Ella se separa un segundo y enciende el velón que tiene sobre el tocador enfrente de la cama.

Después me desnuda mirándome otra vez de esa forma, con un esfuerzo de concentración parecido al dolor. Mira profundo, ¿cuál es la duda? Retira con una delicadeza nueva la ropa interior, se pone de frente entre mis muslos. Creo que no sé, ni podría, ni quiero, hacer nada más que estar ahí, tenerla en la boca, en los dedos, que me elija en ese momento en que yo también estoy eligiéndola.

Al incorporarme me tiemblan los músculos del vientre, voy hacia delante. Hay un torrente de recuerdos de ocasiones anteriores en las que hemos estado juntas que conversan con las imágenes de ahora.

Le escupo sobre el pecho y extiendo la saliva con las yemas. Luego sobre el vientre hasta que le queda una mancha densa al lado izquierdo del ombligo que observa con sorpresa. Escupo otra vez inmovilizando las caderas con las manos y ronronea satisfecha por el sonido que hacemos al encontrarnos. Esa es su demanda, que pueda ser suave y firme, por un momento parecer sucia. La saliva nueva cae sobre la primera y rompe la forma anterior en una estrella de cuatro puntas. Vuelvo a su boca y derramo el líquido que me queda desde arriba, a cierta distancia, mirando a cámara lenta cómo le pasa entre los labios. Se sorprende porque le estoy dando lo que ve en las películas cuando está sola. La imagen de la mujer con boca abierta que se acerca a su vientre para recibirla es justo lo que quiere, aunque la prefiera en el espacio tranquilo de su cuarto, con cariño. La abarco lento, mirándola, para que me vea. Luego, tumbada a su lado, la tomo fuerte por el antebrazo y la dirijo hacia mí.

A las doce cenamos el puré de calabaza, con un vaso de vino.

Como si nada, charlamos ligero, nos cogemos de la mano por encima de la mesa. Parece que es normal estar bien, que no hacemos daño a nadie, nadie me espera o piensa en mí en un lugar que no sea ese. Habla de su primer enamoramiento en el parvulario.

«Esta historia te va a gustar, Sara. Verás, yo estaba fascinada con una niña que tenía unas trenzas morenas muy largas. Toda ella era morena, así, como tú, pero con rasgos más catalanes, no tan de falsa filipina como los tuyos. Ahora que lo pienso creo que se parecía bastante a Silvia Pérez Cruz… se llamaba Silvia también. Sin saber que eso estaba mal le dije a su mejor amiga que ella me gustaba un montón, como se gustan los padres y las madres, y al día siguiente, en el patio, vi a Silvia avanzando decidida hacia mí, con la mano levantada».

«¿Quería pegarte?».

«En ese momento pensé que sí, que quería pegarme, pero para bien. En el colegio los niños a los que les gustaba alguna niña solían molestarla, hacerle la vida imposible, era el modo de expresar su interés sin parecer débiles. Corrí como un animal para que viese lo rápida que era y me quisiese aún más. Fue una oportunidad buenísima para mostrar mi valor. Igual nunca fui tan feliz, te lo juro, era muy feliz corriendo, crucé con ella a mis espaldas toda la cancha de baloncesto. No podía girarme, porque ya sabes qué les ocurre a los que miran atrás: no alcanzan su objetivo. Fue mi gran momento, corrí como nunca con ella tras de mí. Su nariz era redonda y tostada, un caramelo de tofe. Las zapatillas me resbalaban un poco porque la suela estaba nueva y aun así iba tan rápido que ella no me hubiese atrapado nunca».

La imagino perfectamente, tan optimista y decidida. El espíritu de competición aprendido durante años entrenando al balonmano. Cuando habla, parece que repitiese algunas de las frases que les gritaba el entrenador para convertirlas en máquinas capaces de esa cosa llamada «autosuperación». ¿Quién soy yo a su lado? No llevo trenzas, pero el pelo oscuro y largo me cae a los lados de la cara exhausta ya por el sueño. Desde siempre mi mayor pesadilla han sido los deportes de equipo y la humillación que conlleva llegar la última. Sobre la cama, su cuerpo es firme, sus contornos exactos. El mío tiene la textura de una liebre marina y mis límites se desdibujan, como si pudiera desbordarme. ¿A quién verá cuando me mira? ¿Por qué me elige? Podría no ser yo, sino cualquier otra Silvia, más bonita, con una casa familiar en la Costa Brava y un gusto asentado por el lino y las alpargatas.

Le importa poco qué siento, qué estudio, qué escribo. No me pregunta. Solo el hecho de que D. exista parece importarle. Tampoco acabo de entender qué quiere de mí, solo sé que lo quiere, lo exige.

A la mañana siguiente la acompaño hasta sus clases de teatro y la espero estudiando en la biblioteca de Gracia, en una mesa junto a la ventana, al lado de una estantería donde tienen un volumen con las prosas de Maria-Mercè Marçal. Propone comer a la salida en un pequeño restaurante con muebles de madera oscura donde nos acomodan en la barra por falta de espacio. En las mesas algunas personas vestidas de trabajo toman el menú del día y conversan en catalán. Una camarera con pelo largo y oscuro nos llama «bellas» y nos sirve dos cervezas. Ella habla de su clase de dicción.

Apoyo el codo en la barra para acariciarle el antebrazo y me suelta de sopetón que en breve ya dejaremos de vernos, dado que D. llega pronto a la ciudad.

«Yo quiero estar contigo, pero tú no vas a dejarla nunca», dice.

«A la gente no se la toma o se la deja».

«Sara, llámalo como quieras».

Sé que ya la amo por cómo me quedo pegada a su cuerpo mientras empieza a levantar la voz y a hablarme de un modo cada vez más incómodo. Tengo ganas de gimotear, pero sigo manteniendo una fachada de aspirante a mujer adulta. Hablo lento y me muevo lento, controlando los gestos de los dedos y el grosor de la voz, más grave que de costumbre. Eso se supone que es sostener el llanto y apostar por una reacción elegante. La supuesta elegancia de las formas no conoce de voces agudas, más propias de la infancia o de un error en el carácter. Sin embargo, en la intimidad del cuarto y el amor, mi voz suena mucho más fina que cuando hablo en público o leo en voz alta. Si tomo confianza, bajo la guardia, mi voz es la de una niña.

No puedo aceptar lo que dice, pero en los lenguajes del mundo lo que está planteando es completamente normal. Una llega, la otra se va. Si yo no echo a una de las dos de mi vida ella se expulsa a sí misma y me avisa de que será completamente inaccesible. Dice que lo ha intentado, pero no le funciona esa idea de que el amor no es excluyente ni intercambiable.

En toda esta vorágine, no he tenido tiempo de planear nada, de pensar nada. Tampoco puedo racionalizar lo que estoy viviendo. Amo. Quiero quedarme a su lado. Y no puedo soportar la idea de que D. llegue a Barcelona a encontrarse con alguien que le dice que el amor nunca ha sido excluyente pero que ahora sí, tiene que mudarse sola, sentirse abandonada de golpe, arrancarse de raíz, quedar a la intemperie. Nada tiene sentido ya, pero eso no puede ocurrir. Me lleno por un momento de rabia, quiero levantarme antes de que traigan la comida y tenga que seguir aguantando a alguien que me está proponiendo una elección imposible: elegir entre D. y cualquier cosa del mundo. Bromeo con mi voz interior una broma oscura: «Está bien, querida, no serás la primera que muere».

La camarera que nos ojea cada cierto tiempo sirve un plato de lentejas con verdura y unos espárragos con crema. Hemos pedido las dos cosas para compartir. «Empiezas a hablar y me lías con tus palabras, pero lo que estoy diciendo es claro. No voy a estar en tu vida mientras esté otra persona». La asertividad que es capaz de desplegar cae muy lejos de mi irracional impulso por quedarme bien pegada a su cuerpo.

—Es claro en tu situación, no en la mía. ¿Y qué hacemos con lo que tenemos ahora?

—No sé, esperar, poner distancia, ya se nos pasará.

El iris verde se le pone más clarito cuando se le empaña al hablar. Ni estoy casada, ni tengo hijos, ni hipoteca, ni estoy siéndole infiel a un marido. Esta historia no está escrita para mí y aun así me está tocando vivirla: la culpa, la desorientación y finalmente la renuncia absurda.

—¿Ya se nos pasará? —pregunto negando con la cabeza y sonriendo de medio lado, con todo el humor del que me veo capaz en pleno agotamiento.

—Igual hasta estarás mejor cuando no hablemos, podrás seguir con tu vida. Hará falta un tiempo sin hablar para que no se nos remuevan cosas.

—Veo que lo tienes todo planeado.

Hay un recorrido lindo en su gesto desde el enfado hacia la risa. Lo conozco ya, lo he visto cada vez que entrábamos en una conversación difícil y llegaba a su fin. Tal vez tenga razón, estaré mejor sin Ella porque D. y Ella estarán mejor si esto no continúa. Nos besamos. Entramos en un beso largo y sincrónico, apoyado en la barra estrecha de ese pequeño restaurante en Gracia al que se supone que me ha llevado para almorzar juntas por última vez.

Acepto el trato. No lo elijo.

Tampoco es que ocurriera justo entonces. No nos separamos. Quedaba algo de tiempo y pudimos pasear por callejuelas hasta salir a paseo de Gracia. Tenía los días medidos con cuentagotas y su guion le permitía caminar colgada de mi brazo, con el estómago lleno. Como las amantes que aún éramos me besaba en los semáforos y en los escaparates. Hice tiempo en un café que ya cerraba mientras Ella asistía a unas pruebas de vestuario para un anuncio que iba a grabar.

Dijo que había sido un día muy bonito, que la vida sería muy bonita si esos planes formaran parte de ella. Le dije que la vida podría ser esos planes. Supongo que no me creyó. Dormimos juntas, muy abrazadas. A las seis sonó mi despertador para ir a la universidad. Me deslicé hasta su baño para vestirme sin incomodarla, luego me colé entre las sábanas, la sentí desnuda, apretada contra mí. Tuve miedo de que fuese real lo que había dicho de no vernos más. Entonces le acaricié la cara para asegurarme de que estaba despierta y le dije: «Recuerda que cada vez que tú me estés echando de menos, yo también te estaré echando de menos».

Era verdad, necesitaba que lo supiera. Creo que me miró con desconfianza, como si lo que acababa de decirle fuese nada más que una frase encantadora. Un experimento literario. Pero yo no quiero una historia, sino a Ella en duermevela a mi lado, su voz hablando de cualquier cosa, los vaqueros doblados en la silla junto a la cama donde está echada. La riñonera negra y el teléfono móvil encendiéndose por notificaciones de sus amigas en WhatsApp, por una llamada de su madre pidiéndole que haga un recado. Los anillos. El cepillo de dientes eléctrico. Cualquiera de esas cosas en una sala donde yo también estoy. No una historia.

A la vez todo esto suena groseramente superficial y fracaso al intentar contar lo que ocurrió.

Sin enterarse de nada me había ayudado a sobrevivir. Yo me debía a eso y aún ahora, si la tuviese enfrente, bajaría la cabeza y emitiría el sonido acogedor en la garganta con que saludan los caballos a la persona que los ha alimentado.

Cinco días después, un miércoles de mediados de diciembre por la noche, D. aterriza desde Londres y con un par de bolsas cada una nos mudamos a su bajo en la Barceloneta. La calle no está muy iluminada y se oye la conversación en italiano de dos cocineros jóvenes de la pizzería de enfrente que fuman un cigarro al final de la jornada. D. me dice que allí hacen el mejor *calzone* de Barcelona, y que pronto podremos invitar a nuestras amigas a casa a comer pizza y a proyectar películas en la pared de al lado del sofá, que está vacía.

Una ráfaga de humedad nos empuja hacia fuera cuando abrimos la puerta. El espacio, alargado y algo estrecho, dista mucho de sugerir una sala de cine. Miro el sofá y pienso en las posiciones que tendrían que adoptar nuestros dos cuerpos para acurrucarse juntos ahí. El pensamiento me templa los ánimos. Hay objetos neutros de decoración marinera en la casa —antes pretendía atraer a turistas en las fotos de Airbnb— que parecen literalmente soldados a algunas paredes. El apartamento es ligero y *nice*, necesita edad, peso. D. y yo estamos de acuerdo. Si llevamos maderas vividas, si llevamos madera oscura, podremos pintar todas las paredes y los muebles de la cocina de blanco para borrar todo lo que sobra y abrirnos un espacio ahí. La cama está en un segundo nivel, en un *mezzanine*, al que se sube por unas escaleras de caracol metálicas.

«Escalones de madera con tablas de pino, eso es lo que haremos. Yo puedo cortar la madera y lijarla en la puerta. El barrio es así, las casas son tan pequeñas que todo se hace en la puerta. Como en La Habana». D. tiene energía de sobra para seguir pensando en las obras por hacer, pero yo casi no consigo articular palabra.

Contemplo el que es mi nuevo hogar. He llegado a él por un camino extraño, tumultuoso. Miro a D., con sus vaqueros rotos y su jersey de lana rojo. Por amor he llegado aquí y también he ido perdiendo el enlace a otras vidas posibles, es difícil no tenerlo en cuenta.

Mientras amamos, aquello que nos enciende promete que tal vez haya un modo de vivir distinto a la renuncia. Si lo que siento por las dos es tan bueno, no habría de doler.

El baño, pequeño y sin ventanas, está a un paso de resultar claustrofóbico y su objeto más destacado es un aparatoso deshumidificador. En un instante de optimismo, confío en el poder de ese cachivache para salvar la atmósfera. Si lo enciendo y traga todo el contenido del aire, tal vez pueda devolverlo limpio de nuevo. Ahora todo lo que deseo es que nos metamos en la cama, dormir con D., sentir su peso sobre el colchón.

Saco dos cepillos: uno con una banda roja y otro con una azul y un tubo de pasta de dientes. Pongo un pequeño guisante blanco de producto en el cepillo azul y se lo entrego a D. después de mojarlo con un hilillo de agua del grifo. Luego, sin pasarlo por agua, me llevo el mío directamente a la boca. En el espejo del baño nos reflejamos las dos: D. con el moño revuelto y los pantalones muy caídos; yo con los ojos ya entrecerrados por el sueño y el hueso de la mandíbula algo más marcado que de costumbre. Combinamos bien, tenemos una altura parecida, un volumen parecido.

La cama es sorprendentemente cómoda, la habitación, arriba, se siente seca, está a resguardo: es una cabaña en el árbol, junto al mar. Me acerco para abrazarla, pero me aparta:

«Está la estufa encendida, no me toques por favor, tengo calor».

CINCO

Ella y yo nunca conoceremos el verano, no habrá modo de volver a verla. Todas las amantes desean llegar juntas al verano, entregarse la una a la otra en la desaceleración del tiempo, bajo un sol sin obligaciones rutinarias. El enamoramiento exige la suspensión de la actividad mundana, oficial, productiva. Necesita poder beneficiarse de una holgazanería vivida en estado de plenitud y es ahí cuando más extenso y revelador se vuelve. Redimirnos del tiempo adulto hace del enamoramiento algo revolucionario.

Escribo ahora desde el invierno en Barcelona, que ha tocado lluvioso y raro. Llega el primer invierno después de la muerte de mi madre. D. y yo nos movemos por la casa, sin tocarnos, cada una aislada en su historia. Siete, ocho, diez días: solo el tacto de mí misma al darme una ducha, desnudarme o vestirme.

Varias jornadas al mes siento una presión por debajo del ombligo que me hace querer gritar, ser violenta, buscar una culpable del calambre y el vacío. Sería capaz de amargar el agua que me llevase a la boca y también de golpear un cuerpo. En situaciones así los médicos nos llamaban «histéricas». Los orígenes de esta angustia no pueden explicarse, porque son tabú. Si me masturbo, la situación mejora muy poco; aunque relaja el deseo, hace que me sienta más sola. Llorar con amplitud, sin embargo, funciona. Llorar hipando, gritando, con las manos apretadas en puños. Es lo más intenso que puede ocurrir en este monólogo, para sacar el cuerpo de la tensión y la ira y devolverlo a la bondad del reposo.

La voluntad de un cuerpo histérico es más fuerte que la razón de los hombres. Es temido porque los músculos se tensan, la mirada se endurece, como si pudiera fulminarte. No reconocen que antes has sido paciente, y has llegado a tu límite. El cuerpo de una mujer en estado de «histeria» —decían los textos antes de la revolución feminista— «habla», expresa su malestar a través de síntomas físicos.

El cuerpo histérico es un cuerpo sin amante, que sostiene una renuncia imposible. Durante tiempo ha intentado comportarse. Ser lo que otros quisieron.

Quien en vacío espera a que la paciencia ocupe el lugar de la pasión nunca sabe cuándo irrumpirá una crisis. La expresión de un límite.

Sobre todo, algunos días del mes. La ropa interior mojada. Los sueños.

Aguanta, en silencio, espera. Espera a estar sola, luego grita, aprieta el puño, la bestialidad de un rugido. Infeliz, infeliz. Tres horas en el gimnasio hasta que duelan las rodillas. Cuerpo histérico, no respondas ahora cuando te pregunten: «¿Qué tal?». No van a poder aguantar tu respuesta.

Espera, espera a la bondad.

La bondad: un respiro en el que puedo imaginar un escenario ligero, no capitaneado por la frustración. Quiere decir no estar envenenada de exceso de mí misma, de falta de las otras.

Desde la bondad fantaseo con que no estoy aquí, sino en Gijón, y D. también está, de una forma muy distinta. Ha entrado julio y en Asturias brilla con fuerza el color de las hortensias en rosa y azulado.

Navegamos en la lancha de papá. Me gusta vestir de blanco porque mi piel es oscura; la camisa blanca que me cubre captura la luz y la refleja. Con un botón de nácar se ajusta delicadamente a las muñecas morenas. Fondeamos frente a la playa de Ribadesella, después de pasar la noche en Villa Rosario. Salen del puerto barcos con las velas recogidas, avanzando lentamente con el motor. Los rasgos de D. se embellecen en presencia de la mar y el sol y está conmigo. Se le ha endurecido el pelo y el reflejo fosco del mar Cantábrico le oscurece el azul de los ojos hasta un tono gris con un sol amarillo en el centro. Navegamos de regreso a mi hora predilecta, la última de la tarde, cuando entra el viento caliente de la tierra y calma el encrespar de las olas, redondea la mar. La hora de la mar redonda es mi hora favorita. El motor de la lancha hiende el agua y la rompe en espuma muy blanca. Desde pequeña me excita y me lleva a un estado de ensoñación sentir el calor del último sol del día, la embarcación que vibra siguiendo una estela dorada o dejándola atrás.

A la hora de la mar redonda, imagino su mano justo donde el cordón del biquini cruza mi espalda de lado a lado. Está cansada por una jornada de baños largos, de ensaladilla rusa con langostinos cocidos, tostadas de pan con tomate y saltos al agua desde la proa. Para nadar, he bajado religiosamente cada peldaño de la escalerilla de popa que da al agua, mientras que D., situada en proa como un efebo o como una esfinge, los muslos tensos y preparados para el aire, se ríe de mis precauciones y mi lentitud.

Porque yo puedo entrar lenta a la mar del Cantábrico, mientras que ella ha de saltar y que el frío tome todo su cuerpo de una vez y lo encoja, despertando un alarido grueso cuando emerge del fondo hasta la superficie. Yo no puedo saltar, aun así, me muevo lenta y firme en el mar del norte, puedo acercarme antes de que se recupere de la impresión del frío y pegarme contra su cuerpo apretando mi vientre a su espalda mientras me mantengo a flote con los brazos. El olor a sal y a algas se mezcla con el de su cuello y lo aspiro hondo, hasta que el mismo aire que entra por mi nariz hace un poco de ruido y me deja en evidencia.

Es nuestro verano y puedo acercar la nariz a su piel tanto como quiera, pero no puede tomarme fuerte, como deseo, bajo el agua; a diferencia de las medusas y los peces, nosotras necesitamos un soporte. Un suelo de arena donde clavar las rodillas o un cabo donde una de nosotras se agarra mientras la otra desliza la mano entre los muslos y aparta el bañador.

Una picardía pequeña en los ojos. Una sigue a la otra, que va a cambiarse el traje de baño mojado al pequeño camarote, compuesto por poco más que una cama esquinera tapizada en burdeos, un mueble de cocina y un baño diminuto. La sal pica un poco a veces y la humedad deja un toque pegajoso en la yema de los dedos. Es propio de las amantes seguirse, acompañarse en las tareas aparentemente insignificantes. Aclarar juntas el bañador. Planear la próxima comida, la próxima cena, el próximo desayuno con atención excepcional y luego llegar tarde a cada uno de sus planes.

¿Y la otra, que se ha ido? ¿Cómo hubiese sido el mar con Ella? Nos enamoramos, no tuvimos verano y el deseo quedó colgando sin posibilidad de resolverse. Es la razón por la que a menudo en esta casa fantaseo y me disperso, no existo en el aquí ni ahora más que desde una melancolía que me aísla. Cierro los ojos y veo una ballena negra que bucea sola a través de una masa de agua inmensa, con bloques congelados cubriendo la superficie.

Sola en la cocina escucho en bucle «Me quedo contigo» cantado por Rosalía con un vestido rojo, en la gala de los Goya. «Me enamorao, te quiero y te quiero» me revuelve y me hace llorar —¿por quién? Por el amor mismo—. Lo que me emociona y duele es mi propia capacidad de amar. Es el reconocimiento, la memoria de los caminos de la pasión. Conocer la pasión, saber de su existencia y su acecho. Como un quiebre brutal de la vida hacia su éxtasis, que se arquea y se dirige y nunca llega a completarse. Soy una flor curvada hacia la lengua de un sol presente en su quemadura algunos mediodías, siempre demasiado lejano para hacer arder. ¿Quiero arder de una vez por todas? Una flor jorobada y retorcida, alargando todas sus células en su petición.

D. llega de la calle y se acerca al ordenador. Trae cajas de cartón con cartulinas y varillas de madera. No sé para qué querrá todo eso, pero tras echarle un vistazo ya estoy segura de que va a ocupar mucho en el espacio reducido de la zona de estar. Empiezo a ponerme nerviosa. Cierro la ventana del vídeo en el ordenador rápidamente, como si me hubiese pillado haciendo algo indebido.

«Eh, ¿por qué lo quitas? Quería escuchar. ¿Es de Rosalía? ¿Es nuevo?».

«No, solo es una canción que cantó en los Goya. La he puesto en clase. La idea era que pensásemos en el motivo por el que algo así nos emociona. Nos emociona *irremediablemente*».

«Igual te emociona a ti, y no a todas tus alumnas. ¿A ver? Ponla».

No soy capaz de decirle la verdad, que no quiero compartir ese momento, que no quiero un momento romántico compartido. Sería forzado después de tantos días en los que ella no ha tenido ni un solo gesto de ese tipo. Es correcta, amable, cuidadora. Quiere que esté a su lado. Que la acompañe a los sitios. Está.

Insiste: «¿Y por qué crees que nos emociona? Claro que no puedo saber si me gustaría a mí, porque no me dejas escucharla».

No soy nadie para dejarla o no escuchar algo. La actuación activa todos los relatos del amor único, verdadero, para siempre. Rosalía está sola en medio del escenario, cantando a voz desnuda con un coro detrás que permanece en las sombras y que le hace de soporte. La parte fuerte de la canción llega cuando repite: «Si me das a elegir… me quedo contigo». Todo lo demás no importa, las ideas, el éxito… El coro con sus voces apoya el relato del amor total, lo valida como único relato del amor posible.

«Ah, pero ¿es que hay otras formas de amar?», se burla. «Tendré que reírme, aunque sea».

Está tranquila y nada parece importarle demasiado. En nuestro día a día parece imposible encontrar la forma de hablar directamente de lo que me está pasando. No estoy así solo por lo de mi madre.

Ya lo sabe: «¿Qué quieres, que te pregunte qué tal estás llevando el haberte separado de la niñata esa? No te voy a preguntar y, además, es que me da igual. Tú necesitas hablar, yo no. A mí ese tema me aburre. Te pones muy repetitiva».

Me pongo muy repetitiva. Bajo la pantalla y cierro el portátil como si así estuviese cerrando una puerta tras de mí para marcharme. Suficiente, *ciao*, dejo atrás este momento, la conversación, lo obligatorio de negociar mi intimidad constantemente con otra persona. Pero no tengo otra casa, vivo aquí, de modo que me escondo en el baño a llorar lagrimones redondos y silenciosos de rata escondida en las alcantarillas.

Esta cita de Jeanette Winterson: «La escritura es la mejor forma de hablar de la cosa más difícil que conozco: el amor».

Ella existió y ahora desearía escribir su nombre. Demorándome como quien pasa la última puesta de sol de las vacaciones en su playa favorita y sabe que tiene que marcharse, pero no se quiere ir. En mi cabeza lo escucho y es el último dulce que reposa en la base de una caja, cubierto por papel de seda. Deseo tomar su nombre entre los dedos y llevarlo a la boca para cubrirme los labios. Mancharme con él. Porque se puede hacer el amor con un nombre, porque un nombre puede ser el leve soplido entre las cañas que activa la tormenta, porque soy muy vulnerable al sonido de ese nombre todavía. No he de escribirlo aquí.

Aun así escribo con necesidad y urgencia. De memoria aún puedo ver el rostro de ojos claros y piel bronceada. La tez siempre unos tonos más pálida que el vientre. Mucho más clara que la piel suave de las rodillas y los muslos. Las imágenes perviven, y de otro modo también el tacto firme y flexible de la carne, tan característico. El peso y la textura de un pecho redondo que asoma suavemente por debajo de una camiseta ligera. Pude observarlo mucho rato, con la boca sorprendida cada vez que aparecía frente a mí. Mi mano derecha sujetándolo después, como sopesándolo. Una mano grande, de dedos largos, desnudos. Ahora llevo en el anular izquierdo la alianza de bodas de mi madre entre otros dos anillos de oro que asemejan una cuerda fina. Los llevo para siempre, en la exacta posición en la que los recuerdo en la mano de mamá cuando yo era una niña.

A veces un nombre parece más real que un cuerpo. Lo atraviesan nervios y capilares sanguíneos.

Solo una vez, mirándome a los ojos, mi madre no me reconoció. Era una temporada en que no estaba especialmente enferma y yo hacía un par de años que ya no vivía en su casa. Después de comer, ella tenía la costumbre de «reposar», tumbarse en un sofá largo frente al televisor para ver alguna serie blanda, llena de historias de romance y traición. Le ayudaba a dormir la siesta. Cuando yo estaba en casa de visita, tenía que acompañarla en el reposo, como hacía de pequeña. De ese modo conseguía retomar una sensación de continuidad en nuestro vínculo, que no pareciera que algo esencial había cambiado, o que ya no nos unía un hábito, un ritmo del estar.

Hacía ya unos veinte minutos que mamá dormía profundamente. Su cuerpo estaba extendido bajo una manta, se cruzaba con el mío, que apoyaba los pies en un silloncito de piel cuadrado. Yo aguantaba en vigilia, lejana ya del reposo y sus posibilidades, acelerada por Londres, la violencia del idioma desconocido, los objetivos universitarios. De pronto, mamá se incorporó con los ojos abiertos y fue directa al piso de arriba por las escaleras. Pensé que acababa de recordar cierta tarea, que algo le había queda-do pendiente allá arriba, así que esperé sin abandonar la posición en la que estaba. Bajó las escaleras y se dirigió a la cocina, luego al baño, sin pronunciar palabra.

Al ver que la situación se alargaba le pregunté qué hacía, qué buscaba, y se giró hacia mí pronunciando con seriedad: «¿Dónde está Sara?».

«Debes de estar de broma», contesté, pero ella nunca había sido bromista, en absoluto.

«¿Has visto a mi hija, a Sara?».

Pensé que algo definitivo había ocurrido en el sueño, un de-rrame, una desconexión de las vías de reconocimiento, de los en-laces con la memoria. Era horrible estar frente a tu propia madre y no ser nadie.

«Mamá, qué estás diciendo».

«No sé dónde está Sara, busco a Sara».

«Soy yo».

«Dónde está mi hija, Sara».

El cuerpo sentado en el sofá no valía. Buscaba el nombre de su hija. Una idea capaz de estructurar el sentido de una vida. La suya.

¿Así se iba a terminar nuestra relación, tan larga y variable? Pensé que si le presentaba una encrucijada lógica podría volver a reconectar. Tal vez estaba dormida, o atrapada entre el mundo material y el sentido onírico.

«Mamá, entonces, si yo no soy Sara, ¿quién soy?».

Plantear una ecuación que necesitaba resolverse con un es-fuerzo lógico funcionó. Se quedó en silencio unos segundos, luego negó un poco con la cabeza, bufando.

«Ay, Sara, bueno».

Estaba dormida, o algo así. Le describí lo ocurrido y tardó en creerme, aunque no demasiado.

Algunas noches, cuando volvía a casa por Navidad o en las vacaciones de verano, la oía hablando en sueños. A menudo repetía mi nombre, en señal rigurosa de llamada, o el de la perra Chufa, que ya había muerto. Nos llamaba como si estuviese viéndonos de pequeñas, a punto de hacer algo que no nos estaba permitido.

Por las noches, y en ausencia de la familia, una madre sola seguía cumpliendo con su tarea.

La salida del sol en la Barceloneta tiene una luz parecida a la que se pinta cuando se retratan las señales de dios, o simplemente a la naturaleza misma percibida como algo que no necesita a los humanos para nada. Salgo de la cama muy pronto, tan pronto como despierto, siempre antes que D. En el pasado, no hace mucho, disfrutaba de verdad del hecho de quedarme en la cama remoloneando. Ahora, nada más abrir los ojos, la mente empieza a dar vueltas, noto que suben las pulsaciones. A veces fantaseo con sentir el tacto de un cuerpo nuevo, un cuerpo que no pueda reconocer para que me saque de mí o saque de mí otra versión mejor, más seductora y menos insegura.

Paseo el amanecer entre las calles largas y paralelas del barrio que llevan al mar. Mis casas favoritas son las que están en el último tramo hacia la playa, en especial las dos cubiertas con pintura rosa y descascarillada sobre la piedra. En esa zona les toca bien el sol (nuestra casa pasa la mayor parte del día a la sombra) y el tono pastel luce increíble con la ropa tendida bajo las ventanas de cada piso. Ahora, a nivel de calle, en los bajos como el nuestro se comienza a ver movimiento y a través de las ventanas enrejadas se observan cuerpos de todo tipo que revuelven en sus cocinas moviendo platos, cacillos, bolsas de basura. Apoyada en el quicio de su puerta abierta, una mujer en zapatillas de felpa y albornoz de lunares bebe un vaso de leche teñida, un vaso de leche con algo, y mira al infinito. Todo me recuerda a La Habana, quizá porque no tengo otra referencia o tal vez porque es una excusa para pensar en mamá y en el viaje que hicimos juntas más o menos un año antes de partir ella —«partir» parece una expresión más bien estúpida, pero me cansa pronunciar tanto la palabra «muerte», que se acaba vaciando por repetición.

Iba a Cuba invitada a leer en la Feria del Libro y con una beca de la Universidad de Londres para entrevistar a algunas autoras. Se me ocurrió invitar a mamá para que pasase conmigo quince días allí, la primera mitad del viaje. Quería que saliese de su ciudad y dejase de pensar en el divorcio, en la nueva pareja de mi padre y en las fotos de ambos que tomaban sus amigas con el móvil y que, a modo de detectives de moral dudosa, le enviaban para retransmitirle en directo las andanzas públicas de su ex. Fue una buena idea proponerle el viaje a mamá. Una buenísima idea. Tomé la decisión de forma algo impulsiva y no voy a negar que luego dudé por si tal vez me estaba metiendo en un jaleo monumental. Ella entonces no se encontraba muy bien, no podía caminar largo rato y ya había perdido el apetito. La mayor parte de las veces su humor era terrible. Temí que se sintiese mal con el calor, las picaduras de mosquito, a las que era alérgica, las horas de viaje. Me dio pánico que la pensión en la que me iba a alojar no tuviese una cama suficientemente cómoda para su espalda, que no pudiese descansar por la incomodidad y el calor y entonces su salud empeorase. Pensé en todas esas cosas, imagino que ella también las pensó, y sin ponerlo en común seguimos adelante.

Yo viajaba desde Londres y ella desde Asturias. De forma estratégica, y mostrando que la buena organización madre-hija aún era posible, acordamos encontrarnos en el aeropuerto de

Madrid para salir juntas hacia La Habana. Como tenía una minusvalía reconocida le dije que aceptase la ayuda de un auxiliar para moverse por el aeropuerto de Barajas sin el estrés de no llegar a tiempo a la puerta de embarque. Era la primera vez que hacíamos algo así. Alguien iba a recogerla, a diferenciarla entre la gente y a empujarla por los pasillos en una silla de ruedas. Temía que se sintiese reducida al recibir ese tipo de ayuda en un espacio público. No le gustaba que yo contase su enfermedad a personas con las que no tenía confianza, o que no eran parte de su círculo íntimo. Podrías haberla conocido durante años y nunca haberte enterado de nada.

Creo que su sentido práctico la ayudó a dar el paso sin conflicto, se veía muy feliz cuando la encontré y tenía esa expresión que anuncia tolerancia y apertura al buen rollo. El hombre que la acompañaba empujando las cuatro ruedas era amable, hablador, y cuando me acerqué a ellos parecían conocerse ya desde hacía tiempo. Mamá le había contado alguna cosa de mí —su hija escritora, la del doctorado en Londres— y de nuestros planes juntas en La Habana. Parecíamos una pareja bastante excéntrica de camino a nuestra próxima aventura.

Durante mi infancia hubo muchas, solas ella y yo. Mamá era el cerebro y la máxima autoridad de cualquier misión, y yo era su mano derecha, su operario fiel, su pareja en estrictas condiciones de exclusividad. Complementaba sus talentos con los míos: ella tenía presencia y yo verborrea, ella capacidad lógica y yo conseguía hacer análisis muy certeros de la psicología de los demás. Una vez, después de una aventura en una tienda de electrodomésticos donde tuve que negociar una devolución, volvimos riéndonos tanto que no pudimos aguantarnos las ganas de hacer pis y nos lo hicimos las dos a la vez en el ascensor. Yo tenía diez años y ella unos cuantos más. A partir de entonces, cada vez que salíamos de casa fingíamos que comenzaba un nuevo episodio de alguna serie en la que éramos protagonistas y que se titulaba «¿Dónde van esas dos locas?». La debacle del ascensor se la contamos con orgullo a mi abuela, a mis tíos y a mi padre. Había sido algo radical, que indicaba una impresionante compenetración madre-hija y estábamos orgullosas.

¿Dónde van esas dos locas? Último capítulo: Cuba.

Mamá había tenido una recaída en los huesos el verano anterior que le había dificultado la movilidad, pero nada que pudiese advertirse a primera vista. Me preocupaban mucho las caídas por la calle, que habían ocurrido un par de veces. Siempre había pisado muy fuerte sobre aceras que ahora se retorcían bajo sus pies. Por aquel entonces yo insistía en cuestiones prácticas para no transparentar mi aprensión: «Ten cuidado con esas alpargatas que llevas, son muy altas, yo también me tuerzo el tobillo con ese tipo de calzado». En cada frase intentaba quitarle importancia a su situación comparándola con la mía. Pero mi madre se había caído en tres ocasiones y yo no soportaba esa visión porque, cuando se caía, se caía sola, al ir a tomar el sol o a comprar tabaco. No se lo dije, pero sin ningún fundamento científico me imaginaba que al afectar el cáncer a las vértebras superiores podía desconectar algo relacionado con el sistema nervioso y por eso a veces le fallaba el paso. Eso mejoró después del verano con la radioterapia, y cuando la encontré sentada en una silla de ruedas, en la zona de asistencia del aeropuerto, el aparato era una comodidad, no algo ineludible.

Durante el vuelo durmió mucho. Miraba aquel cuerpo plegado en el asiento que descansaba a mi derecha mientras que yo no conseguía conciliar el sueño a pesar de la pastilla que me había dado una amiga. La enfermedad también es plácida a veces. Ella podía estar allí; sin dolor, sin quejas. Mi madre: un animalito pequeño y suave dormitando en un asiento. Así aterrizamos juntas en Cuba, donde hacía mucho calor, más del que ella habría elegido nunca para un destino de viaje incluso antes de la enfermedad. El cuerpo pequeño de mamá estaba confiado y desenvuelto, con un ánimo especial cuando en el aeropuerto nos recogió un Cadillac rosa como los de las películas, y el aire nos acarició la cara mientras el conductor describía un paisaje que apenas se diferenciaba en la noche.

Mamá organizó su viaje perfectamente, su neceser, sus pastillas. Tenía todo lo fundamental y de sobra para compartirlo conmigo en un equipaje ligero. Me emociona la capacidad de los enfermos y los ancianos para reducir el peso y el volumen de lo que llevan consigo. La maleta era pequeña, casi una carterita, y de su espalda colgaba una mochila de tela como un caparazón sutil. Cuando llegamos a la habitación de la pensión, pisando madera crujiente y oyendo aún la voz de nuestra hospedadora, que nos contaba todos los problemas y pesares de las dos divisas de pago que convivían en la isla, me miró con cara de agotamiento y resoplando abrió su maletita en dos partes, que cayeron sobre la cama de muelles como las alas de una mariposa abatida.

Cuando le tocara regresar me dejaría como herencia para mis próximos quince días todo lo que no había terminado: la protección solar, un bote de loción antimosquitos, media pastilla de jabón de lagarto, un botecito de aceite de oliva, tiritas, dos pastillas de Orfidal y un sobre con dinero. Regresaría sola en el vuelo más largo de su vida.

Pasados varios días, mamá empezó a comer más y en el bufet de desayuno atravesaba con su plato el pasillo hasta las distintas bandejas con huevos fritos y queso. Estaba alegre, todo en su cuerpo comunicaba una mejora. Pensé que yo podía hacerla feliz, que conmigo estaba bien y que si volvíamos a vivir juntas tal vez sanase. Creo que para ella estar las dos solas era lo más parecido a la vida que había amado y que había elegido antes de la enfermedad, de mi mudanza a Londres a estudiar y de la ruptura con mi padre. Mis amores, no obstante, habrían sido un problema. Mamá no quería extrañas en casa, cambios de planes ni terceras en poder.

Cuando llegó de Cuba contó el viaje a todo el mundo. Ponía especial énfasis en la pensión, donde se hizo amiga de la propietaria, Rosalina, que preparaba alubias negras con arroz y le freía a mamá los huevos justo en ese punto en el que el borde se dora y se vuelve crujiente. Dormíamos en la misma cama y atravesábamos un patio compartido para llegar al baño también compartido que estaba limpísimo y olía a los cestos de guayaba madura que se guardaban junto a la puerta que daba a la cocina. En las calles de La Habana Vieja descubrió un gusto especial por el zumo de papaya y un montón de técnicas de negociación.

El otro día mi abuela me envió un vídeo de mamá bailando salsa en la cocina una semana después de haber regresado del viaje. Estaba morena, en camisón y zapatillas, y le decía: «Mamá, mira, Sara se cogió un profesor en el hotel y yo me quedé siguiéndolos desde la terraza y aprendí bien los tres pasos, donde se hacen tres cambios de peso...». Después comienza a bailar rodeando con el brazo izquierdo su propia cintura y elevando el derecho a la altura de la cabeza, al lado de los fogones, con un cigarro en la mano.

Mi abuela estuvo junto a ella los últimos años, vivió con ella, la cuidó en la mínima medida en que se dejó; yo no.

De pequeña a veces me sentía culpable porque no tenía recursos para ayudar en las tareas cotidianas. Siempre me lo habían dado todo hecho, especialmente aquellas cosas que implicaban fuerza o método. En los últimos años, desde que el cáncer tocó los huesos, estaba muy pendiente de que mamá no hiciese esfuerzos físicos. O eso creo. Ojalá pudiese acceder a algún registro, asegurarme de que en los viajes juntas yo llevé las maletas, las lancé al maletero del autobús. Ella siempre se las arregló para hacer más de lo que quizá debía. Su apariencia era tan fuerte y entera, con la espalda recta y los brazos musculados, que era muy difícil recordar la enfermedad.

Me agarro a esos gestos para no sentir que fui la hija perdida que se marchó a Inglaterra y se quitó el peso de vidas anteriores. Dentro, mi madre, su enfermedad, mi miedo: siempre pesaron como una losa central. Yo sabía que la ligereza era solo un momento. Por eso cuando pude sentirla me entregué a ella con las palmas, la boca abierta, los ojos brillantes, diciendo que sí.

Pero ¿olvidé a mi madre una sola vez? No. Cuando parecemos ausentes de un mal, recordamos también con los sufrimientos del cuerpo, los dolores, la ansiedad. El miedo a la pérdida del amor, a la pérdida de la vida. Mi entrega a la vida era el modo de recordar el cáncer, a ella, de tenerla en cuenta.

Dentro, mi madre es mi roca dura. Lo que determina los siguientes estratos de la experiencia. Amar es amar siempre después de mi madre.

Y ella exigía el amor único. Esa fue mi traición. No hacer que se sintiera la soberana, la única. Fascinarme por los mundos de las otras. «Obsesionarme» (como decía ella) con las otras. Obsesiones cíclicas, enamoramientos itinerantes.

¿Traicionamos a los otros o a nosotros mismos al descubrir que el enamoramiento no dura para siempre? Tampoco el de una niña con su mamá.

Intento escribir el último capítulo de la tesis doctoral pero me desconcentro todo el rato. Voy desde el escritorio de casa a la biblioteca pública de la Barceloneta y de vuelta a casa, pero no avanzo. Me pierdo en Instagram, sin ver nada en especial ni interactuar con un fin. Después busco en el WhatsApp la conversación con mamá. De imagen de perfil tiene una fotografía conmigo de niña donde sonreímos sentadas sobre la hierba: somos dos figuras morenas de pelo largo y ojos oscuros rasgados, de labios gruesos color avellana.

Tendré unos cinco años, la abrazo por detrás, rodeo con un bracito su espalda tomando su hombro con mi mano pequeña. En el otro hombro cobrizo y desnudo apoyo la mejilla, y juntas acariciamos a un pequeño perro negro, casi inapreciable en la imagen. Es Chufa de cachorra, justo cuando acabábamos de acogerla. Sonreímos anchamente, no hay ambigüedad en la alegría ni el amor que la imagen capta. Nuestra felicidad no era ambigua en esos años. Soy consciente del privilegio de haber crecido así. Por ello hay algo en mí que es firme, luminoso, que no duda.

«Tu madre es guapísima», repite todo el mundo. Para que tenga piedad y me perdone en sus recurrentes enfados le escribo poemas donde alabo su pelo azabache largo y los hombros bien formados. Los labios carnosos perfilados a lápiz y la mirada grande. «Pocahontas», la llama. Es lo más exótico que puede ocurrir en su círculo. Unos rasgos que pasan por casualidad, una partida de dados a un gen anónimo que nos oscurece lo justo para no dejar de ser lo que hay que ser en el norte racista de España.

Creceré admirada por su belleza. Hace parecer que no, pero le cuesta un esfuerzo diario. Ella es el sol. Todo pasa por la balanza de su juicio, la búsqueda del justo medio. Se percibe justa e imparcial, pero como a mí, también le hierve la sangre mucho más a menudo de lo que desearía. Aun así, lleva la batuta de las formas, las excentriza cuando quiere sin llegar demasiado lejos. Nunca cambiará su ciudad, ni su casa, ni su familia. En todos esos lugares ocupará el centro. Solo el centro es su posición con respecto al mundo; destaca, no conoce otro rol.

«La que vale, vale», me dice mirándome a los ojos mientras me recoge el pelo en un moño. Estoy entrando en la adolescencia, y aún me resultan extrañas las guerras de chicos y chicas en las que luego aprenderé a moverme como otra arpía, una estratega que no ve alternativa al navegar el tormento que le ha sido asignado.

«La que vale, vale, Sarita, y tú vales». No me cuenta que valgo por ser su hija, ni que la sangre que me dieron demostró poder sobrevivir a los mismos dolores de ciudad de provincias. En el espejo me veo sin forma, inconcreta y flácida comparada con la precisión de sus brazos, su frente y su pecho. «Conseguirás ser esbelta, firme, dominar tu espacio, serás lo que hoy te gusta de mí, porque soy tu madre». Bajo sus palabras se entiende algo así. No se trata de ser bella, otras también podrán serlo, sino de tener la belleza de una diosa o una reina. Mamá cree que eso es un atributo natural y olvida la bilis que desaguamos para poder mantener las apariencias.

Repaso las últimas semanas de conversaciones por WhatsApp y me consuela haber sido suave, haberle preguntado por su salud, repetir muchas veces que la quería. Sus mensajes la recuperan en todos los matices. Me ayudan con el miedo a no haber hecho las cosas mejor.

Si no hubiese borrado los archivos del chat para liberar memoria ahora podría escuchar en algún audio la voz de mi madre, que me hablaría de la forma en que me hablaba a mí y no a otra persona. No he borrado nada de lo que D. me envía, nuestro chat está lleno de fotografías de arte y textiles, casas tradicionales en el Mediterráneo y perros pequeños. Por no borrar lo intercambiado con ella he ido vaciando el resto de conversaciones. Privilegiamos el amor de la pareja sobre los otros, es algo que hacemos con tranquilidad. Hoy no perderé la voz de D. deseándome las buenas noches o tratando de consolarme, pero sí habré perdido todas las otras voces.

La cocina está conectada al espacio central y su pequeño ventanuco da a la calle. Junto a esa ventana, en una balda de madera de pino pintada de azul, voy colocando las piezas de cerámica que trajimos de Londres. Es una vajilla agreste y desigual, que cuenta viajes y regalos a través de los cuales se fue componiendo. Hemos llegado a la Barceloneta con el cofre de los tesoros; lo que no tengo claro es si se trata de un naufragio temporal o de un viaje con el viento a favor.

Es lo que hay: preguntarme por mi situación no va a solucionar nada, anidar en la incertidumbre es la única respuesta útil que encuentro a mano.

Vacío algunas bolsas de arroz, lentejas y garbanzos en botes de cristal que coloco en la despensa. Para que sin dedicarle mucho tiempo parezca ordenado, he de empujar los productos de limpieza y las bolsas de plástico de la mudanza al fondo de los estantes. Intento hacer todo esto sin mirar hacia la cucaracha que, en el suelo, un paso a mi izquierda, se mueve inútilmente panza arriba. Es el tercer día que está ahí, desparramada en medio de la cocina, y llevo también tres días mirándola, sin atreverme a quitarla de en medio, sintiéndome fatal por pasear a su alrededor mientras cocino.

La desdichada compañera de piso me hace recordar de nuevo el viaje a Cuba. Allí leímos el cuento de la cucarachita Martina en un salón de ventiladores antiguos y madera tropical, donde utilizaban la caña de azúcar crujiente para endulzar la bebida, en lugar de azucarillos. Nos gustaba el cuento de la cucarachita Martina, pero más la versión de la performer Alina Troyano. Se lo puse en un vídeo de YouTube tumbadas en nuestra pensión en La Habana Vieja y le encantaron las mallas brillantes y el acento cubanoamericano de Alina al hablar en *spanglish* convertida en la cucaracha Martina. Mamá había leído mucho y era capaz de conectar con muchas historias, también con la de un pobre insecto urbano destinado a vivir como perpetuo *outsider*, escapando de las escobas y el veneno que lo expulsa.

Mamá y yo adquirimos un gusto particular por ese tipo de insecto, no tan común en las casas del norte. Tras muchos años de cáncer y un divorcio, se sentía más afín a las vidas que andaban luchando por la subsistencia desde los márgenes. Las que nadie elegiría o podría envidiar.

A mí ser lesbiana en un entorno conservador ya me había dado la oportunidad de identificarme con los bichos indeseables de escoba, sobre todo con los que a pesar de su desgracia mantienen un punto de ironía y glamour *camp*. Cuando en nuestra última aventura juntas en septiembre me acompañó a mudarme a Barcelona y nos cruzamos con una cucaracha atravesando veloz la Rambla, las dos gritamos emocionadas: «¡Martina!». Como si acabásemos de encontrarnos con una amiga de toda la vida.

La cucaracha no termina de morir y hasta que deje de mover las patas sé que no puedo barrerla, tratarla como basura. D. me mira desde la puerta del baño, con el cepillo de dientes en la boca y gesto contrariado: «¿De verdad me estás diciendo que *esa* se tiene que quedar más tiempo ahí?». Le digo que solo hasta que deje de moverse, pues eso significará que ya ha terminado su proceso: ¿Quiénes somos nosotras para interrumpirlo?

«No te acerques tanto a ella, la estás agobiando».

«Ella se ha puesto en medio de *nuestra* cocina a hacer *su cosa*. ¿No podía elegir un sitio más protegido?».

Pasó exactamente lo mismo con la de la semana pasada, trato de explicarle. Son tres o cuatro días. Algún veneno están tomando que les afecta a la movilidad, al sistema nervioso; entonces se quedan en cualquier lugar, aún vivas y con respuestas a los estímulos. El sonido les molesta, nuestra presencia les molesta, se sienten en peligro. Les gustaría correr hacia un lugar más protegido, *pero no pueden.*

«Ah, debe de ser el veneno ese tan fuerte de Marruecos...».

Me cuenta que el inquilino anterior trajo veneno de Marruecos, para ratas e insectos grandes. Un veneno que le era familiar pero que aquí está prohibido. D. no sabe dónde lo colocaron, quizá debajo del horno o tras los muebles de la cocina, junto a las paredes húmedas. El caso es que, escondido, sigue matando. Dice que es el mejor, el más fuerte.

«Tan fuerte no será si no las mata de golpe. Y si está prohibido será por algo, ¿no? Porque se lo zampan, pero el cadáver lo llevan consigo y son un peligro para otros animales. Además, estoy harta de ver esto, ¿sabes?, he intentado ignorarlo, no quejarme, pero no soporto más su dolor, están atrapadas en una mierda de experiencia que no termina nunca».

«Vale, Sara, tranquilízate, por favor...».

«No lo soporto, te dije que no lo soporto, estoy intentando...».

Me vuelvo a encerrar en el baño porque es el único espacio donde puedo tener privacidad en un apartamento compartido. Sentada en la taza del váter miro fijamente el aparato deshumidificador y emito un alarido infantil. Yo confiaba en ti, cachivache, confiaba en tu hambre de aire húmedo y en tu capacidad para devolvernos otra cosa. Me siento una absoluta miseria, una compañera pésima de alguien que solo quiere ayudarme, estar a mi lado. Existió otra Sara antes que podría haber sido una buena compañía en un momento idéntico, pero la de ahora parece extraviada de sí misma.

Temo ser quien se encierra a lloriquear en el baño del apartamento junto al mar al que se ha mudado con su pareja días después de la muerte de su madre. Temo ser un silencio devastado, una pasión sumida en un luto raro lleno de pasadizos y espejos. Temo sonar ridícula si utilizo estas palabras para contarlo.

La entrada de la noche es feroz para el ánimo. El cuerpo agotado ya no tiene recursos para convencerse de que es capaz de entretener sus sentimientos de pérdida, engancharse a la vida. Ya ni soy capaz de asociarme a mis fantasmas como presencias hermosas. Ella no ha contestado a ninguno de los últimos mensajes que le envié. Eran mensajes sencillos: *«¿Qué tal?». «¿Qué sientes?». «¿Podremos hablar algún día?». «Te pienso, pienso en ti».*

Solo la que murió es la que no me ha abandonado. Alguna vez me sentí como una hija sola, totalmente desconectada de su lenguaje, de su protección, pero ahora no. En la muerte, mi madre me elige, me ama apasionadamente y su pasión ya no es peligrosa, destructiva.

La que murió no me ha abandonado. No se marchó a voluntad, no quiso, y aunque por su actitud desapegada ante la vida parecía que llevara mucho tiempo preparándose, en el final su mente no le dejó comprender del todo que era el momento de bajar la guardia, dejarse ir. Ella pedía sus pastillas de quimioterapia, un cambio de tratamiento. Requería el proceso médico de asistencia e insistencia en la vida. En su testamento había escrito a mano, en tinta azul, «si empeorase mi enfermedad, no quiero que me pongan tratamiento para alargar mi agonía». Tuvo tratamiento hasta el final de su agonía, pero la agonía no fue el final, sino la convivencia con la enfermedad.

Tengo bien grabada esta imagen: ver a mi madre desapareciendo decirme: «Te prometo que yo te avisaré cuando haya algún cambio». Ella tiene el control del relato del cáncer, que es como tener el control del relato de vida.

A lo largo de los años, en todas las recaídas de su enfermedad, me dio las malas noticias con voz clara y serena por teléfono. Entonces yo tomaba un avión para volver a casa. Una vez, desde Londres, llegué directamente al hospital —¿recuerdo esto bien?—, donde me llevó mi padre después de recogerme del avión. Le habían encontrado cáncer en las vértebras, por eso le dolía tanto la espalda. Cuando llegué junto a su cama en el hospital ella parecía dulce y tranquila, mucho más dulce y tranquila que en un día normal. Su voz me templaba, sonaba joven y vital como sonó siempre hasta unos días antes de su muerte.

Fueron diez años de tratamiento. En todo ese proceso estuvo más o menos sola, estoica e independiente, celosa de su intimidad. No pedía ayuda, no hablaba del miedo. Solo estallaba en ira muchas veces. Entonces se convertía en la Gorgona ardiendo en el aire, cortando cabezas, pronunciando con bestialidad sus verdades sobre la sociedad y las bajezas de la gente. «Eres egoísta, egoísta y manipuladora», «Solo pensáis en vosotros, solo piensas en ti; si me apoyases de verdad no le bailarías tanto el agua a *ese*, ni preferirías a cualquier chica rara antes que a mí».

No era fácil comunicarse con ella. Aunque tenía días, no era una presencia acogedora a la que entregar cariño. Su ternura era la del águila. Recuerdo ser paciente. Sentir muchas veces que ella me llevaba muy lejos de mis límites, sentir la ira también en mi cuerpo, que raramente la experimenta. Recuerdo haber hecho cuanto pude para ser paciente, volver a verla, escribirle, no cortar nunca del todo el contacto. Cuando le decía: «Me importas, necesito estar bien contigo para ser feliz», nunca me creyó. «No te importa nada, te vieron por la calle con *ese* y con *la otra*, vivimos en un pueblo y la gente me quiere, me cuenta las cosas». «Los hechos son los hechos», decía.

Pero ¿cuáles son los hechos, mamá? Un montón de emociones en derrumbe. No era tuya la verdad, ni era mía.

¿Qué es el amor que pedías, el amor incondicional? Ponerte por delante de todo, entender tu historia y que fuera la primera, por delante de la historia de mi padre, por delante de mi propia historia, aunque de esta tampoco estoy segura. «Tú te inventas las cosas, Sara, eres fantasiosa, siempre te inventas las cosas».

¿Estoy mintiendo ahora? ¿Creer en las mentiras que tú también te contabas habría sido un gesto de amor incondicional?

Tal vez soy incapaz de entregarme porque deseo demasiado. Tengo en la mirada el quiebre del carnívoro, que elige un cuerpo entre los otros, lo persigue con obcecación y hasta en ensoñaciones lo alucina si no está presente.

Observo la mano izquierda de D., pequeña y recogida sobre su propia rodilla mientras comemos. Unos centímetros más y podría estar posada en mi pierna, pero ella está bien así, no necesita tocarme. ¿Es una demanda de amor incondicional el tacto que le exijo? Que me prefiera a mí antes que a la superficie de madera, al frío del tenedor y a los diminutos cráteres en la piel de la mandarina. Puedo aceptar que otros cuerpos no humanos se pongan por delante de mí, pero ¿otra persona?

Un día le dije: «Aún no me has amado lo suficiente, aún no me has tocado lo suficiente ni me has dejado lo suficientemente llena para que tengas *derecho* a llevar tu pasión a otro sitio».

Me miraba atónita, con el ceño un poco fruncido. No decía ni una sola palabra, no hacía falta.

«¿Derecho? ¿Desde cuándo es cuestión de derecho?», hubiese replicado yo misma.

¿Soy injusta? Deseo esa mano despierta solo sobre mí, eligiéndome, tocándome con una urgencia no debida a los celos, o al miedo a que me vaya con otra, sino movida por el mero hecho de que ahora estoy. Estoy, estoy, estoy.

Esta mañana fui a Radio Nacional para hacer una entrevista. Hablaba con Madrid desde las oficinas de Barcelona. El técnico que preparó la cabina de grabación me dijo que acababan de decir que hoy era el día más triste del año. Será que la gente gastó todos sus ahorros durante la Navidad, o serán el viento y la lluvia en la Barceloneta.

En pocos minutos terminé la entrevista, el técnico acudió a cerrar la sala de grabación y me acompañó a la salida. «Es un buen tema el que has elegido para un día como hoy. La ausencia. El viento además está llevándoselo todo. Ayer un hombre murió en la plaza Real golpeado por una palmera que se rompió por la mitad. Murió aplastado, una muerte anodina, anodina y absurda». En balde trato de quitarle importancia al accidente. Continúa: «No, mira, en realidad ha sido lo que llaman una desgracia. Otro árbol puede romperse, pero ¿una palmera? Las palmeras están perfectamente diseñadas por la naturaleza para resistir el viento. Proceden de países tropicales. En los países tropicales todo es voluptuoso y excesivo, el viento también, por eso las palmeras no se parten».

Cuando salí, nada más pasar el arco de seguridad, me esperaba un coche para llevarme a casa. Le pedí que parase antes, para

146

acercarme al café de la esquina frente al mar. Había quedado con D. Tras los ventanales de la cafetería la vi llegar con el jersey enroscado al cuello para protegerse del frío. Los ojos los tenía de un azul muy claro y me besó sin contradicción, se sentó junto a mí. No dudó. En acercarse, en tomar asiento.

Sé que hay algo importante en un gesto que aparentemente no implica mucho. Que D. no dude es una fortuna en un 20 de enero en el que compramos acelgas y patatas en el mercado, las comemos con garbanzos y pimienta negra, salimos bajo la lluvia corriendo del brazo y nos sentamos a trabajar el resto de la tarde en la biblioteca.

Si giro la barbilla levemente hacia la izquierda, la veo con un polo naranja brillante sentada en la silla de al lado, echando el anzuelo a la lectura, como si se agarrase a una cuerda de la que no ha de soltarse un segundo o se perderá para siempre. «No puedo hacer más de una cosa a la vez, Sara, va en serio; si me hablas, tendré que empezar a leer desde el principio, y me ha costado mucho concentrarme».

D. quiere calma para entender bien los significados de las cosas. Calma, una sola casa, una sola vida, una historia principal para poder prestarle atención. Estar en lo que hay.

Amor, amor, digo, mira mis manos bajo esta luz, mira la piel y la madera rayada del lápiz sin punta. Está bien la calma, pero también hay prisa. ¿No ves que todas esas cosas con las que te maravillas decaen? Mira el final de mis dedos, mis uñas, ahora están limadas hasta el borde y dentro de unos pocos días ya podrán arañarte. Estoy cambiando, tengo hambre, siento latigazos en el útero y en el pecho. ¿Cuántos años de tu tiempo tengo que esperar para una noche de las mías? La de las supervivientes, que se abrazan despiertas en medio de un bombardeo.

El fuego que irrumpe no viene de fuera, está adentro, en el texto de la carne.

SEIS

Una breve búsqueda en Booking me lleva al hotel Cap Roig. Nunca he estado en Platja d'Aro y por las fotos no parece ser el lugar más encantador de la Costa Brava. La construcción, sin embargo, se eleva sobre las rocas del litoral y todo su volumen blanco coronado por la vegetación aparece como un islote frente al mar. He estado mirando los mejores hoteles con las mejores ofertas sin saber muy bien adónde quería ir. Necesitaba un espacio lo suficientemente grande, con habitaciones distribuidas con generosidad, evitando largos pasillos, hileras de puertas enfrentadas. La idea era rodearme de gente a la que mirar desde lejos. También ser alguien lejano para el resto de la gente. Poder ser mirada sin el apuro de tener que complacer. Es una decisión de emergencia que estoy tomando con serenidad. D. pestañea con más fuerza, de modo más evidente, cuando le digo que saldré sola unos días.

«¿Te marchas por algo en especial?».

No sé si se ha percatado de que utilizo demasiado a menudo el baño como espacio terapéutico. No es muy grande el baño.

«Puedes usar el resto de la casa, o pedirme que me vaya, y me quedo en casa de mi hermana. No hace falta que expliques que necesitas espacio, es normal, nos hemos mudado justo después de lo que ocurrió con tu madre…».

Le recuerdo que no solo eso, que también nos mudamos justo después de haberme enamorado y haber, de forma extrañísima, renunciado a un amor que no se agotó por sí mismo. Aunque cree que eso no tiene que ver con ella, resulta insoportable la forma en la que continúa como si nada, sin reconocer mi experiencia o darme espacio para que transite por esa otra falta tan concreta.

«¿Hubieses preferido que te mandase a la mierda? Se supone que no es la forma en la que hacemos las cosas tú y yo. Teníamos un plan precioso que las dos queríamos. Tú y yo somos un equipo. Creo que necesitas ir a ese hotel. Cuando vuelvas me puedo marchar de aquí unos días, si quieres. ¿Vale, Sara? Todo va a ir bien».

Mi confusión es total.

Para ir a Cap Roig me visto con ropa heredada, un tipo de prendas que no podría pagar, pero que hablan más de mi vida que la ropa que sí me puedo permitir. Llevo un pañuelo de seda amarillo al cuello, atado con un nudito hacia la izquierda en la segunda vuelta. La gabardina larga, que papá regaló a mi madre en un viaje a Roma, me llega hasta los botines negros. De una cartera de cuero negra con cinta para colgar al hombro saco el carnet de identidad, que le entrego a la chica de recepción.

«No, no quiero un cava de bienvenida, gracias. El desayuno será en el hotel. Me quedo dos noches y tres días, de viernes a domingo. No vengo en coche, no tengo nada que dejar en el parking, todos mis desplazamientos serán a pie y no, esta noche no cenaré aquí, mejor un paseo para conocer los alrededores. La habitación con dos terrazas con vistas al mar. Habitación doble ¿de uso individual? Sí, seguramente sí».

Iluminado por la luz de mediodía, el cuarto con muebles de madera estilo francés pintados en blanco parece el camarote de un barco antiguo que sale de Venecia y atraviesa las islas griegas. Esta fantasía es casi arbitraria, pero bebe de mi limitada experiencia en barcos lo suficientemente grandes para salir de un país y llegar a otro. El cabecero de la cama, estilo colonial, es de ratán y observo con gusto en el baño una pequeña bañera y un espejo que, por su disposición, consigue también captar un poco del azul del agua. El cuarto me gusta, y la verdad es que lo primero que me cruza la mente es que a Ella también le gustaría.

El escenario es un desperdicio. Cuando estuvimos en hoteles juntas nos quedamos por la ciudad y nos faltó una salida a la costa. Una ocasión para que Ella pudiese conducir y parar en los pueblos donde veraneaba en la infancia, llamar a los lugares por su nombre, saber adónde ir y qué comer. Faltó ocupar una posición a su lado, mirándola, aprendiendo las historias, el misterio de la niñez que nunca llegamos a conocer en nuestras amantes y por eso nos fascina.

La niñez se convierte en moneda de cambio en las conversaciones de cama. Cada cual crea un mundo maravilloso para la otra, un mito del origen que explica las sensibilidades, los poderes y traumas del cuerpo amado para luego sentir que sí, todo tiene sentido, la otra es única entre todas, nació siendo única, predestinada a recibir nuestro deseo de forma casi fatal, inevitable.

Ella está nada más que en forma de fantasma. Su fantasma es una compañía no tan agradecida, capta mi atención de forma caprichosa sin devolver nada a cambio. Ni un solo momento de tranquilidad, de risas. Incluso las despedidas necesitan un ritual para poder asimilar la ausencia futura.

No es tan mal plan si le vuelvo a escribir, le pregunto cómo se siente y si es buen momento para charlar.

Abro las conversaciones archivadas de WhatsApp y solo está la suya, lo que quiere decir que Ella es el único lugar de la red del que me he tenido que alejar con esfuerzo. Los últimos mensajes son de tres días después de la mudanza a la Barceloneta. Pide distancia, silencio, durante una temporada que parece que se alargará para siempre.

No puedo aceptarlo. El cuerpo en el enamoramiento se sorprende, y para retirarse de ese asombro necesita algo más que un mensaje de texto. La información que llegue a través de un teléfono nunca será tan real como la almacenada en el mismo lugar donde las cosas ocurren. Cuando perdemos lo amado seguimos asombradas, una modalidad del estupor que nos vuelve torpes, nos hace reaccionar con lentitud a los estímulos. Somos las últimas en enterarnos de que aquello que amamos nos ha dejado.

Oscurece el paisaje del cuarto hasta que es necesario encender la lamparita de la mesa de noche. La calefacción zumba con demasiada fuerza. Hay atolondramiento, un calor que despierta la sensibilidad de la piel y me hace reaccionar con picor al jersey de lana fino. Estoy en ropa interior sobre la cama, abro las ventanas que dan a la terraza central y dejo que me toque la brisa nocturna. No evito, aunque quisiera, el pensamiento de que hay algo aquí que se desaprovecha y que tiene que ver con el vientre despierto, las manos atentas, la sombra perfecta proyectada sobre las sábanas. Toda la seducción de los objetos, todo este despliegue para una soledad tan simple. Tan aburrida de contar siempre una misma historia, donde hace ya tiempo que no ocurre nada.

Le escribo en un mensaje algo sobre lo encontrado, lo perdido. Aunque en realidad yo quise hablarle del asombro, termino pidiéndole ayuda para olvidar. Tal vez un ritual de despedida. Hay uno que cualquiera conoce, epítome del romanticismo hípster, hetero y artista: la performance que hicieron Marina

Abramović y Ulay de su ruptura en 1988. También yo puedo hacer uso de ella para comunicar lo que estoy necesitando.

«Durante noventa días… porque llevaban doce años juntos y de algún modo la duración del ritual ha de hacer justicia al tiempo compartido, caminaron el uno hacia el otro desde los dos extremos de la Gran Muralla China, para encontrarse en el medio y después despedirse. Es justo reconocer que un vínculo importante no se rompe así como así, no depende de un ejercicio de voluntad. Si nos tenemos delante, veremos qué es real, qué importa y qué no tanto. ¿Qué te parece pasar un rato juntas, caminar por la playa, tomar un arroz, un vino, fumar un cigarro? Necesito comprender qué hemos vivido, qué estoy viviendo ahora mismo. El hotel es bonito, te gustará. Tiene muchas plantas a la entrada, una selva entre los mármoles blancos de veta negra, y el mar, el mar está por todas partes».

Lo envío por la noche y para poder entrar en el sueño llamo a Anna. Es una llamada nerviosa en medio de un escenario peliculero y hasta un poco vergonzante. Anna y yo nos conocemos en todas las circunstancias. Hace algunos años nos deseamos fuerte, prometimos cosas que no íbamos a ser capaces de darnos: libertad, tranquilidad, alegría. Luego llegó todo el trabajo de reparación sutil hasta conseguir la amistad que tenemos ahora. Su voz suena amable y algo preocupada.

Le explico. Ya no sé cuál es el foco de mi angustia. Estoy en una habitación de hotel esperando, después de mandar un mensaje a alguien que no quiere saber nada de mí.

«No todas las personas van a hacer las cosas como tú y yo las hicimos. Tendrás, en algún momento, que aceptarlo. Algunas elegirán no estar ya más en tu vida. Lo importante… no es igual para todo el mundo».

Al colgar el teléfono veo que Ella ha contestado. El plan no le encaja, ya no bebe ni fuma, está rehaciendo su vida y no va a venir.

«¿Me escribirás por favor si cambias de opinión?».
«Te escribiré en ese caso».

Lo que vuelve a través del sueño.

No es Ella, porque tiene las piernas largas, el pelo moreno cayéndole sobre el tronco delgado, el pecho pequeño y sensible, y es tan guapa que no hubiese imaginado que tendría un lugar junto a ella en la cama. Su olor lo reconozco: a moras, nerviosismo y a café un poco quemado. También sabe quién soy, me conoce a la deriva en un país extranjero y me ha visto en casa de mi madre, ha abierto los cajones de mi antigua habitación y ha reído, exhibiendo objetos antiguos. Pronuncia mi nombre con intensidad, como si importase, y me rodea con los brazos cuando en el último momento digo una palabra de tres letras.

Todo en ese cuerpo responde: dejando caer esporas, semillas secas con dientes, viajeros adheridos al pelo de un mastín que soy yo y que la busca.

Su piel guarda un poco más de calor que la mía. La acaricio colocándome encima. Pide que le hable, se acuesta de lado y me ofrece los muslos. Pongo la boca en su cuello, y atrapando un pecho entre la yema de los dedos, le cuento al oído la historia de una niña que había tardado muchos días en llegar a la casa donde hacía rato la esperaban.

El deseo comienza en una historia.

Qué sabemos nosotras del sexo, además de que nos atraviesa.

Entrar no tiene dificultad porque el suelo resbala y dirige. Para que el terreno retumbe y se desborde el terruño y se arranque la hierba pequeña dejándolo todo embarrado, han de soltarse a la vez las cien yeguas sin bocado ni cincha. Si le digo: «Ponte de espaldas ahora», se mueve antes de que termine la frase.

Le pido: «Dame las caderas, suéltalas de a poquito; redondea, mi amor, dame la cintura para cogerte y desde ahí el rebote desquiciado de los muslos. Dame todo eso mientras pides, total como una monarca. Habla tú. Porque hemos llegado juntas hasta aquí».

Dice: «Duele, si no tocas duele, es desquiciante, júntate duro para soltar el agua».

Dice: «Más alto», «no quiero dejar de oírte ahora». Sabe del consuelo que trae una orden compartida, de escuchar una voz en la noche y no la nada. Convoca el impacto y lo recoge, lo recoge y solloza para pedir. Tendidas en paralelo, su cadera está a la altura de la mía y también sus pies. El pelo se nos derrama de forma similar y se junta en la almohada. Nos follamos a un ritmo, el maldito ritmo perfecto que retumba en todo el cuerpo y no pierde el paso, ni la medida. Un ritmo que no parará hasta calmarnos y que no aflojará porque huye de la medianía, la normalidad, del abandono del principio único de servir a la otra.

Me pregunto si esta suavidad y esta capacidad para complacer se deben a que nuestro origen está en una genealogía de sirvientas. De un modo u otro, nos identificamos con esta. Siempre importa más el deseo de la otra. También somos capaces de enfrentarnos, pero si una es dura, de nuestras antepasadas recordamos el truco: quedarnos muy quietas y ensanchar las caderas para no morir.

La línea rasgada del ojo. La conozco bien, es la única que sabe la importancia de rebasar el límite hasta el verdadero agotamiento. Porque el techo es una falsa membrana que ha de pulsarse; haber conocido el sexo sin forma ni protocolo, haberse hecho cargo de su crudeza y su mordedura es apostar a la verdad de que la membrana del límite es elástica y porosa y no hay sabiduría sin haberla traspasado varias veces. Tú te das, tú eres sabia. No cabes en un libro.

Ella sabe que el límite del orgasmo es torpe y propio de la gente, no de las amantes. Rechaza mi petición de descanso y sin permitir que me reponga busca. Solo desea quien busca el otro límite imposible, y no quien se conforma con una serie de contracciones seguidas por un grito. El trofeo de hojalata: la medalla por haber completado un recorrido al que le sigue una canción de clausura. Un primer orgasmo no ha de servir de excusa para que el contacto termine. No hay heroísmo en quien persigue una cosecha previsible, modesta.

Lo soberbio en su cuerpo, en el antebrazo los colores azul y rojo revueltos en una espiral de tinta. Malditos quienes llegaron donde creían que tenían que llegar. Hace su vida estallar contra la mía. «Habla, Sara, solo no dejes de hablar mientras estamos aquí. Todo tiene sentido. Todo tendrá sentido siempre. Cuando ya no suene tu voz y la mía abra grietas en el suelo, de tristeza o rabia. Para enterrarte las manos, para enterrarte».

«Preciosa, la niña morena, cuando ya llega a casa, hambrienta y acalorada por el paseo, y suelta su bolsa en la cocina y desata sus zapatos, esperando lo que viene a recoger...».

Nos lloramos en la boca con las lenguas juntas y digo: «Te quiero», digo: «Gracias». «Gracias y lo siento».

Te vas, vas a faltarme cada día desde ahora.

No hay barrera psíquica entre el día y la noche. De los sueños recientes, me despierto enamorada. La habitación se pierde entre las olas. A través de una experiencia similar de exceso sin cuerpo receptor que lo sostenga, escribió Woolf, seguro: *«¿A quién daré todo lo que fluye de mí, de mi cuerpo cálido, poroso? Reuniré mis flores, y se las regalaré, ¿a quién?».*

Desayuno, camino una ruta repetida de ayer, abro un libro con pereza, miro el mar y el despeñadero, vuelvo a cenar al bar del hotel. Evito la habitación para no recuperar el teléfono móvil y comprobar mil veces más si ha cambiado de parecer y se ha puesto en contacto conmigo. Elijo el silencio en compañía de completos extraños, un hotel medio bueno siempre ofrece esa opción, como si pagásemos para fingir una privacidad excepcional en un espacio compartido, donde al final todo el mundo come, defeca y retoza bajo el mismo techo.

Me siento absurda. Aburrida de mí misma. Me confundí de personajes. No era Ella, ni éramos juntas Ella y yo. He querido escribir una gran historia donde en realidad hubo un incendio de cola mojada, sin fuerza para mantenerse. Enmarañé mi luto, se mezcló, dolida por todo lo que significa que una mujer te elija, con su pasión injusta, rota, y luego se vaya.

Poco ofrece este hotel y casi nada dejo atrás cuando regreso a Barcelona. Como la muerte, la pérdida del amor está también fuera de mi control.

SIETE

Querida D.:

¿Cómo sostener la creencia en el amor de una sola persona lo suficientemente fuerte para renunciar al amor de las otras? Tiene que ocurrir algo así como una fe compartida. Un deseo de creer que produce un mundo de valores comunes. El asunto es que durante periodos vivimos tranquilas en esa creencia. Es un estado amable, sin sensación de desapego irónico, ni angustia existencial.

En tales momentos de fe, la experiencia del pastiche, lo falso o lo incierto, genera una reacción de ruptura fiera y descorazonada.

Acababa de regresar de Cap Roig y estaba segura de haber atendido a un destino total permaneciendo a tu lado. Ordenando unos cajones, encontré una carta tuya que, por el modo en que estaba escrita, y las palabras que utilizabas, los diminutivos cariñosos y los nombres de animales con los que te referías a su destinataria, identifiqué desde la primera línea como dirigida a mí. Sé que no está bien leer las cosas de la gente, y que conocer este dato te enfurecerá, pero te prometo que en la primera lectura no pude identificar que no me estaba destinada.

161

La historia era familiar, hablabas de la distancia, la nuestra, que nos tenía merodeando juntas ya sin acoplarnos más. Como compañeras que han hecho de la otra su lugar natural entre las cosas, pero que también se han herido demasiado. Decías que nuestro vínculo, único en la vida, iba a navegar a través de los malentendidos y las diferencias, para así aprender a estar juntas.

Yo conocía esa historia de amor. Era la mía contigo. Solo que algunas cosas no acababan de encajar, recuerdos que no me eran familiares. Finalmente, casi al término, un nombre propio y una fecha, lejana ya, sentenciaban mi delito como lectora de correspondencia ajena. Era una carta para otra persona que nunca habías enviado.

Todo el cuerpo se me llenó de rabia. Estaba atrapada en tu narrativa repetida, y a la vez habías hecho que me sintiera horriblemente por hacer uso de mi libertad.

La psicóloga a la que había empezado a ver me preguntó si de verdad creía que tenía sentido culparte de haber tenido otras relaciones en el pasado. Creo que es una mujer muy lista, y me provocaba con preguntas poco inteligentes para lograr que me esforzase en explicarle que no era así. Que lo que te echaba en cara era que me engañabas, engañándote a ti misma. Que tu fortaleza había sido mostrarte leal como una roca, íntegra, consecuente.

Mientras yo era revoltura, agitada por el deseo y por el dolor, tú eras fiable, moral. Tú habías sido la buena, porque tus faltas son invisibles socialmente, y yo había sido una zorra. Se suponía que habías llegado a esta relación ya madura, y con los ojos nuevos, mientras que yo era inestable. Cuando sentía pasión por ti, me pedías calma. Cuando la sentía por otras, control. No me dejaste ser tu amante como sé serlo. Y te disgustaba que fuese amante de alguien más. Alimentada por la ambigüedad y la distancia, a veces me mirabas desde lejos, deseándome.

Lo que despertó esa carta no eran celos irracionales hacia tus relaciones anteriores. Sino la ruptura de la fantasía, el colapso del relato que me habías contado sobre nuestro amor, y al que yo me agarro cada vez que te elijo y me alejo de otras personas a las que amo y quizá amaría. Lo que hizo la carta es revelar que me buscabas en los mismos términos en los que habías buscado a otras. Con la misma melancolía y con el mismo miedo a estar sola y a tener que comenzar un nuevo vínculo.

«Yo no te necesitaba cuando te conocí», me dijiste, «estaba muy bien, tenía ligues, amigos, un trabajo en una galería americana con el que ganaba mucho más dinero que ahora». ¿No son esas las palabras con las que conjuraste la historia del amor único y verdadero? ¿El amor innegable que pone el azar o el destino? Y son las que me conmovían haciéndome olvidar aprendizajes que antes de conocerte me llevaban a repetir el verso de aquella poeta lesbiana: «Keep faith in love, not lovers, keep faith».

¿Y si el amor existe solo para repetirse a sí mismo? Tú tampoco eres capaz de no repetirte. Usar las mismas metáforas, diminutivos, cometer errores similares y temer la pérdida del mismo modo. El amor es necesario en ti y yo soy contingente. Algo que pudo ocurrir o no. ¿Ahora mi presencia te parece fundamental? Igual que en la carta te lo pareció la de la otra, que a su vez sospechaba que ella también era prescindible.

No te culpo de nada. Estoy segura de que esto lo hacemos todos. Mentir. Como si nos fuese la vida en ello. Buscar ansiosamente el amor incondicional vendiendo a cambio la fantasía de que también podremos entregarlo.

«¿Y no será que vas cambiando la fe en la existencia del amor único, incondicional, por una fe débil, discursiva, en la posibilidad de amar a varias personas a la vez y que ello funcione?»: esta fue la pregunta final en la sesión de terapia. Quise contestarle que no. Que cuando he amado a distintas personas a la vez sostuve igualmente una fe apasionada en que ellas me quisiesen sin condiciones y para siempre.

Escribir me apacigua, pero dudo que pueda reconciliar nada el hecho de que comparta contigo esta carta. Es un riesgo: ¿y si la lees y me das la razón? ¿Adónde iremos?

Cuando lo que yo deseo es que me desmientas, desmontes las sospechas y me calmes. Deseo haberme confundido. Esta vez. Todas las que he dudado y dudaré.

Seguimos juntas.

Es cuestión de girarse la una hacia la otra. Iniciar un gesto, una conversación.

De este modo una historia continúa.

Ha pasado el tiempo y dudo de si he sido injusta por pedir a dos personas que me dejasen estar a su lado. Aun así, recuerdo que fue cierto, que yo un día me ensanché y estaba en todas partes, y quería por igual, y era alegre la forma en que quería y me reencontraba con D. y con Ella, y era sincera la luz, el jolgorio del estómago, el estado de gracia.

El subidón por la todopoderosa oxitocina, de la que soy tan dependiente para soportar el día a día. D. dice no ser tan sensible a la hormona y se sorprende por los cambios que ejerce sobre las embarazadas de su entorno y sobre mí, que nunca me quedaré embarazada. Sabe que ese seguramente es mi secreto. Soy sospechosa por liberar con facilidad la llamada «hormona del amor», que vincula a las madres a sus crías y a las lesbianas a sus amantes. Que me facilita el ir por la vida en estados expansivos de cariño e intimidad, que me hace cómplice, suave, proclive al placer. En resumidas cuentas, mejor persona si alguien se frota contra mí, me elige.

Como la del dragón, la naturaleza de D. no puede ser recogida en el texto. Pienso en la parte indocumentada del mundo, que en los mapas antiguos se registraba bajo la frase: «Más allá hay dragones». Su carácter, su misterio, sigue siendo para mí la parte sin conquistar del mundo conocido, con sus modas, sus *influencers* y su espectáculo plástico, del que ella parece capaz de mantenerse al margen, porque la educaron para saber navegar, leer, construir casas y encender el fuego, recoger plantas aromáticas del camino y utilizarlas al cocinar. A ella no la educaron para ser una niña bonita. «Princesa», me dice alguna vez, «tienes que aprender a no ser siempre una princesita, el centro del mundo. Requieres toda la atención, toda la energía».

Hoy, por la mañana, D. estaba feliz y cantaba canciones en la cama como un niño suave, travieso, iluminado por la expectativa del día nuevo. Pero tiene un fondo triste y los cambios la afectan.

Hemos ido a la playa, a recoger madera para montar algún artificio, alguna forma nueva, sólida y ligera. La madera estaba limada por el mar, la devolvía a la arena. A veces me pregunto cómo me sentiré cuando ella ame a otra persona con una emoción similar. ¿Tendrá tiempo y amor para seguir siendo cuidadosa conmigo? Dice: «Yo soy muy monógama». Puede que eso signifique que no.

Lo importante es no cortar el hilo, no parar la conversación. Porque si el enamoramiento se suspende, se interrumpe, también puede volver. Aunque no en cualquier circunstancia. Hay que dejarle el espacio abierto y el suelo húmedo.

Con D., el espacio abierto y el suelo húmedo. Una nube de micelio que espera en la superficie de un tronco mojado. Escucha mis sueños cada mañana con gesto sensible y paciente. Le cuento todo sobre los sueños con mamá y también uno donde observo y toco el cuerpo de una chica joven sobre una mesa de piedra. «No sé quién era, pero necesitaba y se ofrecía», le digo. «La sala era blanca y con forma circular, tú aparecías en el marco de la puerta y nos mirabas desde lejos con expresión de curiosidad calmada. Luego nos dejabas a solas».

Más adelante soñaré con Ella una escena poco clara en la que lloro y me abrazo a su muslo, sentada en el suelo. No le hablaré de ese sueño, sería injusto hacerla partícipe de mi otro dolor.

D. no quiere saber.

El viento se ha endurecido. Llevamos días con una tormenta en la que las palmeras se han combado y la playa ha entrado en las calles de la Barceloneta. El paisaje ha crecido, la arena ha cubierto el paseo y la orilla se ha llenado de los huesos de la caña rota. Esos días no tengo clase, así que puedo quedarme a resguardo, leyendo con calma un libro de Murdoch en el que escribe utilizando la voz de un director de teatro maduro que se retira a vivir su soledad en una casa frente al mar. Desde allí el hombre, muy consciente de su biografía, se dedica a escribir un diario, unas memorias sembradas de reflexiones pseudofilosóficas. El egocentrismo de su relato hace que sus observaciones sobre el mundo parezcan frías y banales, aunque describe con especial cuidado la forma en que toman sus almuerzos y sus cenas. En una ocasión, describe unos filetes de arenque ahumado cubiertos con zumo de limón y una pizca de hierbas aromáticas con tanta carnosidad que al leer parecía que te entraban en la boca.

Leo sobre comida y como lo que D. cocina. Solo por la noche hiervo verduras y añado fideos de espelta al caldo para preparar variaciones de la misma sopa. No me asusta demasiado el temporal, es una excusa que me permite el descanso. Al tercer día no resucito, salgo de casa a dar un paseo por la nueva playa que se apodera del pavimento, convirtiéndose en un lugar donde es posible dejar huellas. Este paisaje desbordado es mi paisaje, el escenario perfecto y brumoso donde se quedan atrapados los rayos de sol y se difuminan en una nube incierta de humedad y arena.

El suelo está también cubierto por cañas y hojas, es un osario. Recojo una raíz roja brillante como un fantasma. La elevo en mi mano. Hay dunas entre los restos de vegetación rota, el Mediterráneo se encabrita y las olas rompen en espuma blanca bajo la neblina que cae sobre los hombros de quienes pasean. Paisaje apocalíptico. Lo que quedó después de una debacle gozosa, una que cambia el paisaje conocido y nos obliga a transitar de forma distinta. Una debacle sin muerte, sin llanto ni nada. Solo transformación.

Al amanecer abro la puerta de casa y es como salir de la cama directamente a la playa. La Barceloneta está tranquila por la mañana; el sol saca pequeñas chispas de luz a la superficie del mar. Siento la fortuna de esta vista, camino siguiendo la línea de palmeras, observo los perros pequeños, la gente que corre, los grupos de ancianos que pasean. A todos nos bendice esta luz. ¿Hay otra palabra para esto, que señale lo espiritual y que no sea religiosa? Nos bendice, legitima nuestra presencia sobre la tierra y nuestro dolor, reconoce la fuerza vital que nos conduce al amanecer un día tras otro.

Me acerco a los árboles que acogen la jaula de esculturas. Es una estructura de metal que separa y contiene otro mundo donde cinco figuras similares, con sus gabardinas hinchadas y su mirada ciega, sus manos esbeltas, forman una constelación. Cada cuerpo se gira en una dirección hacia la que dirige sus ojos velados. Dependiendo de dónde te coloques, algunas figuras miran hacia delante y otras hacia atrás. Da igual la perspectiva, siempre alguna mira atrás, rechaza el horizonte, lo invierte.

Quien mira atrás tiene el corazón roto; tiene el corazón roto quien se dirige al pasado y busca. Un corazón roto es un corazón pesado, lleno de imágenes. Atravieso el paseo con mi corazón pesado, que lleva una soledad plagada. Cada vez que me quedo sola soy solo alguien en duelo. Me siento sensible, lamento que mis ausentes no puedan recibir este amor delicado que es de ellas, del poso de su pérdida.

¿Cómo haría el amor un cuerpo habitado por esta tristeza? Seguramente sería dulce, amaría con necesidad, la piel receptiva, las yemas de los dedos, un galope dentro que anuncia la contrarreloj, el miedo al fin del placer o del encuentro.

Recuerdo las últimas veces que hice el amor con J. Era el final de nuestra relación, o en realidad una prórroga a un final anterior. Nos encontramos con necesidad algunas veces en las que recuerdo sentir un placer enorme, desproporcionado en la sensibilidad y la apreciación del detalle en el tacto. J. me hacía daño tratando de repartir su tiempo entre ratos robados conmigo y el comienzo de su relación con una nueva chica. Estaba nerviosa, tenía muy malas formas y un tonito de orgullo que rozaba el despotismo. Pero sentirla libre acrecentaba mi deseo, pensé que pocas veces podría sentir con esa fuerza y que merecía la pena entregarme. Son increíbles los niveles de sugestión que alcanzamos ante la posibilidad de ser abandonados por el que ya no nos elige. Me pregunto si he disfrutado el sexo alguna vez tanto como entonces, cuando era sexo con algo que concluye. Lo onírico en los picos del deseo me impide recordarlo todo. Siempre deseamos dar más placer a quien parece que se va, nos deja.

D. está en casa cortando maderas para cambiar el suelo de la entrada y yo intento escribir la santa tesis sobre el deseo entre mujeres en la literatura del siglo xx. Para poder trabajar me incrusto en las profundidades del oído unos tapones de cera color rosa de los que usa mi padre para dormir y que me regala cada vez que viajamos juntos con el fin de asegurar mi descanso. Prácticamente no oigo nada, nada más allá de un agudo pitido que parece que proviene de los interiores de mi propio cuerpo. Se parece al sonido que hacen las neveras viejas, algo cerrado en sí mismo por donde corre también la electricidad.

Antes de entrar en la ducha, me estudio como cada día en el espejo, entre curiosa y asustada por lo que pueda encontrar. En la ingle descubro un lunar en el que nunca me había fijado: un puntito algo húmedo y resistente al tacto. Estoy casi segura de que antes no estaba.

D. dice desde la cocina:

—¿Quieres oír esto? Acabo de leer que una palmera mató a un hombre en Barcelona hace días, antes de que empeorase la tormenta.

Otra vez esa historia.

—Sí, me lo contaron. La rompió el viento.

—Pues se confundían. Las palmeras no se rompen así como así, están preparadas para resistir. Una vez en mi colegio hubo una ventolera como esta y arrancó las dos palmeras del patio. No se partieron. Se las llevó enteras. Las raíces arrancaron el cemento. Imagínate. Por suerte era fin de semana y no había niños. Lo maravilloso del caso es que la palmera que mató a ese hombre estaba vacía por dentro por una plaga y nadie lo sabía. Técnicamente no fue la tormenta, sino una suma de factores. Si no hubiese existido el temporal, la palmera habría petado igualmente.

—¿Y el hombre hubiese muerto? —pregunto.

—El hombre podría haber muerto por eso o por cualquier otra cosa. Una muerte no tiene por qué ser una noticia.

También yo llevo una plaga dentro. Siempre lo supe, este lunar es solo un signo, el hijo feo de una pasión que no supo encauzarse, de un deseo y un poder sin rutina, sin hábito. Estoy enfadada, podría ser injusta para buscar mi justicia, transmitir el malestar a través de un aguijón. Parecerme a mi madre también en eso.

Podría tener catorce años, quince, dieciséis o cualquiera de esas edades. Papá y yo estamos sentados juntos en el salón, viendo una película en el televisor. Para estar más cómoda, tumbada a lo largo, apoyo los pies sobre sus piernas.

Cuando oímos a mamá despertar de la siesta, y comenzar a bajar las escaleras desde su cuarto, papá rápidamente retira mis tobillos del borde de sus rodillas y yo corrijo la postura para que parezca que cada cual estuvo viendo la película desde su parcela diferenciada del sofá, respetando la línea que divide los dos asientos.

No hace falta explicación para esta maniobra, ni que él y yo nos justifiquemos. Los dos coincidimos en que hay que ser cuidadosos, prevenir, apaciguar su sensibilidad. El objetivo es que ella no nos vea demasiado cerca, que no se enfade y nos retire la palabra durante el resto del día.

La ciénaga: donde está todo mezclado. ¿Quién es culpable en una historia de pasión?

Tuve doce años, trece, catorce, y paseé por la calle de compras de la mano de mi padre. Estábamos orgullosos de ser ese padre y esa hija. Papá señalaba los escaparates, contaba historias sobre las marcas, los objetos, las boutiques y juntos elegíamos la ropa. En las tiendas entraba conmigo y daba conversación a los dependientes junto al probador. Solo cuando parábamos frente a una lencería él me entregaba un billete y se quedaba fuera. «Venga, papá, ¿en serio?», replicaba burlona cada vez, aun sabiendo que ese límite que parecía arbitrario era claro.

Tuve doce, trece, catorce años, y al volver a casa mamá nos dijo: «Os han visto por la calle paseando de la mano como novios».

¿Parecíamos demasiado alegres atravesando la calle central? ¿Fue eso, la alegría? Una hiedra negra-azul que amarra los labios y estrangula el rictus del que observa.

Pero no eras solo tú, mamá. He visto la misma expresión de amargor en otras, al verme ante una nueva amistad o una propuesta laboral. Lo he visto tras la publicación de un libro, o al sentirme bella una mañana, frente al espejo, antes de salir de casa.

¿Cómo valorar el límite, al otro, cómo hacerme una idea de quién fuiste?

Solo aceptando la palmera caída, con todo su mundo de cariño y peste dentro.

Estamos celebrando el cumpleaños de Anna, hemos ido a un restaurante italiano donde sirven los *tagliatelle* con setas y trufa en fuentes, en lugar de platos, y dejan sonar viejos vinilos de Maria Callas durante toda la noche. Anna está preciosa con su chaqueta nueva y también parece un poco triste, como siempre que es obligatorio que un día normal se convierta en especial. Echa de menos sus propios fantasmas, su historia de amor, que terminará por escribir. La rodean amigas que conserva desde la infancia. Gente inteligente y cariñosa, con la que me siento bien. En un momento de la conversación, no sé a cuento de qué, D. se refiere a mí como una persona «ligera de cascos».

Anna intenta rápidamente virar la atención hacia otro tema, pero yo recojo las palabras, las acepto, bromeo. Salir del armario de la monogamia acaba por resultar más incómodo que salir del de la heterosexualidad obligatoria. Me siento sucia, fuera de lugar. Por otro lado pienso que, si no he ocultado mi historia con Ella, D. tiene derecho a no ocultar su rencor. Hace tiempo que aprendí eso, a acoger las pequeñas violencias que reparan el daño que hacemos sin querer. Lo que no tengo claro es en qué cantidad o hasta qué límite han de recogerse, ni cuándo la agresión puntual se convierte en dinámica.

Mamá solía atacarme irónicamente en público. Especialmente ante mis parejas y amigas. Sentía el impulso incontenible de sabotear las imágenes idealizadas que ellas tuviesen de mí. Para desarticularlas, contaba la historia más alejada de sus fantasías que pudiese rescatar del archivo de mi adolescencia. Me retrataba como una adolescente siempre hambrienta, poco refinada en gustos y con tendencia al desorden, o peor, a la suciedad. También ella intentaba prevenirlas de mi «ligereza de cascos» y para hacerlo confundía términos. Cuando le presenté a J. unas navidades que viajamos juntas desde Londres para pasarlas en España, mi madre le dijo en *spanglish*, señalándome con el dedo: «Ten cuidado, *she is a very bad person*». Me pareció una prueba fiable de su maldad, que convivía en su carácter junto a facetas mejores. Después de un episodio así, en ocasiones dejábamos de hablar durante varios días.

Cuando lleguemos a casa después de la pasta y el vino, no dejaré de hablar a D. ¿Cómo compartir cama con una amante con quien no nos dirigimos ni media palabra? La tensión no me dejaría dormir. Necesitaría gritar, romper el hilo. Forzarnos la una en la otra.

Sin embargo, el silencio de una madre es a veces un respiro.

Pude ser más compresiva. Ella también pudo haberlo sido conmigo. Cuando se ponía a discutir sobre papá me convertía en la otra cara del mismo problema, una especie de monstruo que podría pasar por encima de ella corriendo hacia la luz de mis propios intereses, demandando siempre más de la vida, más belleza, más gente alrededor.

La entendía, pero la «razón» solo podía dársela a medias, aunque sus palabras me iban escribiendo por dentro. Yo no era papá, era más débil. No podía elegir, me esforzaba por gustar. A mí me elegirían y después me dejarían de querer en algún momento, fea y enferma.

Pude haberla amado con la luminosidad con la que la amo ahora, con la comprensión, la lealtad que solo pueden ocurrir en el duelo de alguien que en vida nos hace daño. Eso sí lo lamento. Pasan los días de su muerte y el amor lo ocupa todo, una versión del amor que nunca había conocido.

A través de la escritura quisiera comprender la naturaleza de este amor y ser capaz de contarla. Cuando se activa, esta emoción ensancha los afectos y es opuesta al miedo.

Ahora, mientras me quito el vestido negro y trato de rebajar los restos de incomodidad de la cena, en el espejo me veo muy parecida a ella. Hombros fuertes y anchos como los suyos, pecho pequeño y duro. Sé que en mi cuerpo puedo hacerla vivir más, más lejos. Si estamos solas, si nadie tiene que desearnos, con un solo pecho o con dos, con la melena larga o cortada a cuchilla, ella y yo nos parecemos a las amazonas. Llevo en mi carne la memoria de la monarca y es una lección para vivir a la intemperie.

Hoy entiendo a mi madre, pero no haber podido hacer que se sintiese comprendida abre un hueco de dolor profundo.

Estoy contando la historia de amor entre una niña y su mamá.

Ninguna pasión es sin conflicto.

Desde hace semanas paso las noches junto a D. y eso significa que, al margen de nuestros desajustes, el cuerpo, sintiéndose seguro, aprende a dormir muchas horas. Nada más tocar la almohada pierdo el contacto con el exterior, sin siquiera darme cuenta del momento de transición entre el estado de vigilia y el de sueño. Irse así del mundo de las cosas es tan sencillo… y sería un verdadero descanso si después no llegase el estadio de lo onírico, donde el trabajo de la mente no para. Ansiosa por entender lo que nos ocurre durante el día, la mente vuelve una y otra vez a todo lo que quedó pendiente, oscuro, interrumpido. En el sueño revivo las escenas que no he podido asimilar. También monto escenarios irreales, para colocar en ellos a quienes amo e intentar comprender qué sentían antes de desaparecer, qué nos separa.

La ausencia de los cuerpos a los que nos hemos vinculado a través de una pasión es desconcertante. El principal problema de la pérdida es el susto, al que se refiere la escritora chicana Gloria Anzaldúa en su trabajo. El susto tiene que ver con un evento que impacta en la normalidad de nuestras vidas obligándonos a resignificarlas, entenderlas de otro modo. Se puede perder un amor, a una madre, una ciudad. Se puede perder un bazo, un pecho, la sensación de bienestar, salud, movilidad. Cada pérdida nos fuerza a escribir nuestra historia con palabras distintas.

Un susto es también el shock violento sobre el hábito de poder conversar con las personas amadas. La interrupción de la conversación nos es incomprensible, afecta a todo lo que somos porque somos con relación a quienes amamos con necesidad. Nuestros vínculos pavimentan la realidad para poder transitarla, y el mapa de navegación se transforma con la pérdida de aquellas personas que estaban muy presentes en nuestras vidas. Amo para existir, y porque existo amo. El amor es lo vinculante.

Son las diez de la mañana, técnicamente duermo, pero parece que estoy despierta. El trabajo de la psique consiste en montar escenarios donde estoy yo y está mi madre. Ella está enferma pero aún no sabe que va a morir. Yo, sin embargo, ya he vivido su muerte, y conozco lo que ocurrirá. No puedo decírselo. Intento obtener información sobre lo que siente y lo que conoce. En nuestras conversaciones hay algo que siempre ejerce una presión entre líneas. ¿Quién es la mentirosa? ¿Ella o yo? ¿Estamos ocultándonos su muerte la una a la otra porque no somos capaces de incluirla en la conversación?

En el sueño estoy con mamá en una bañera. Ya está delgada pero no tanto. Le cuesta salir del agua y yo la ayudo a incorporarse tomándola por la cintura. El día en que volaba demasiado tarde para encontrarla viva, en el avión iba preparándome para ducharla, dormir a su lado. Quería hacer todas esas cosas pensando no en un final sino en acompañarnos. Pero me preocupaba no ser capaz de continuar con entereza y una energía bonita para las dos. Me preocupaba que el cuerpo demasiado delgado se me rompiese entre las manos. Me daba terror verla romperse. O despertar muchas veces durante la noche pendiente de la frecuencia

179

de su respiración. «Mamá, ¿estás ahí todavía?». No llegué a hacer ninguna de esas cosas, pero quedaron pendientes y mi inconsciente no lo perdona. Por eso en sueños estoy con ella en el baño, la ayudo a incorporarse. La bañera nos sitúa a la misma altura, en el mismo medio. Las dos renacidas en el agua. Las dos iguales y desnudas.

Escucho la respiración de D. Es continua, sin oscilación ni interrupciones. Su peso ocupa la cama también con tranquilidad. Dormida, parece lejana e invulnerable. «Yo podría cuidarte», pienso. «Ya me he hecho mayor, ya estoy preparada. No tengo miedo a las heces, al revés del rostro ni a la sangre. Te amo tanto que tu cuerpo pudo haber salido del mío cubierto de líquido y grasa. Yo podría abrirte la boca con los dedos para alimentarte».

¿Es más fácil cuidar el cuerpo de una amante que el de una madre?

Desde luego no debo ser la única a la que acosan estas dudas. Seguro que existe una conversación de la que formar parte.

Querida D.:

Esta mañana, cuando salía a por pan tomando la dirección contraria, un rodeo que me llevaba a la playa, me acordé de la cabaña en el valle donde de niña iba los fines de semana. Pensé que me gustaría que subiéramos juntas, y nos imaginé con las camisas gruesas de invierno y las botas, rellenando la leñera con ramas rotas de haya, para prender el fuego. En mi familia la chimenea era siempre labor de los hombres, una asignación cultural. ¿Acaso no se encienden fogones y se trabaja la fuerza del fuego en la cocina?

En mi imaginación, cuando tú apilas troncos y remueves las ascuas con una vara de hierro, soy yo quien se pliega tras de ti, protegiendo del calor el rostro y los ojos.

No tengo claro lo que dice de mí el lugar donde me coloco. Creo que es prudencia, no tanto debilidad. Cuando en la costa tú saltas entre las rocas y yo prefiero el paseo, tiene un sentido, no soy nueva en este mundo, conozco la tierra y la piedra. A mí me enseñaron a llevar siempre las manos libres al andar por superficies irregulares, para así dar freno a tiempo protegiendo la cabeza en caso de una caída. Tú, sin embargo, te cargas de bolsas y luego saltas con las piernas fuertes entre rocas afiladas que ya conoces, mientras trato de no mirar y aun así admiro. Mi cuerpo te elige, elige esa diferencia.

¿Me siento débil o creo que serás capaz de defenderme porque te has distanciado más que yo del género que nos asignaron a las dos?

Los hombres buenos nos protegerán de los hombres malos, que son la mayor amenaza. Eso dicen los cuentos y aun así mejor vivir a la intemperie.

Eres más terrestre y cuidadosa que ningún hombre de mi familia. No hay grandilocuencia ni ego en los gestos tuyos que nos ayudan a sobrevivir.

La primera vez que me tomaste de la mano y me ayudaste a cruzar la calle no fue la mujer en mí la que se sintió a salvo, sino la niña. El cuerpo adulto descansando de su pretendida autosuficiencia, volver a poder cruzar a ciegas, sin responsabilidad, confiando.

Contigo fui también de la mano atravesando el bosque de robles, hasta distinguir un brillo blanco entre las hojas muertas del otoño. Medio costillar sobresalía entre las hojas, y también un cráneo despojado ya de su carne, seguramente por buitres. El pelaje desprendido y recogido a un lado era el de un jabalí. Mi mirada entre los huesos buscó los colmillos, pero ya alguien los había arrancado. Después de la muerte todo el mundo corre para apurar su parte.

No estoy segura de adónde me dirijo. Si me motiva más perseguir un deseo o escapar de lo que me asusta. Lo he pensado, y tampoco creo que exista un motivo contundente por el cual deberías quererme a mí antes que a otras. En todo caso, por favor, decídete pronto a hacerlo de forma plena y alegre o a dejarme ir. Mi tiempo no vale más que el de nadie, no más que el tuyo. Simplemente lo noto pasar.

Desayunamos en una de las terrazas junto al mercado de la Barceloneta. D. lee las noticias en el periódico que acaba de comprar en el quiosco. La miro. Da un sorbo al café caliente sin levantar la vista de la hoja y después, con un gesto casi automático, me separa el suplemento cultural. Yo leo un libro de Anne Boyer donde habla de forma crítica de su vida tras un diagnóstico de cáncer de mama. Su escritura celebra la amistad que sostiene y también apunta hacia la soledad, la ruptura de la promesa de protección y resguardo en el relato de amor heterosexual.

¿Cómo cuidan los hombres a las mujeres enfermas? No de una gripe, una fractura o un episodio puntual de cefalea. Me pregunto por cómo cuidan a aquellas cuya enfermedad no va a irse, y si no termina con su vida, dejará cambios definitivos en su día a día.

Anne Boyer, que vivió el cáncer de mama soltera, escribe que no le sorprende que en Estados Unidos la mortalidad de las mujeres solteras con cáncer sea el doble de la de las casadas. Tampoco que entre las solteras mueran más mujeres pobres. ¿Cuál es el rol de las hijas? La autora tenía una cuando enfermó, pero no habla de ello.

Mamá estaba casada, y me había tenido a mí, pero no estoy segura de que nada de eso haya sido una ayuda definitiva. Es cierto que, al estar inscrita como esposa y madre en una familia más o menos normal, la gente en la ciudad respetaba su vida como no hubiesen hecho con la de otras. También sus estrategias de supervivencia, que incluían el vino tinto como ansiolítico, el humor negro y la crítica directa hacia cualquiera que se le cruzase. Tener marido y dinero ayudó, sin duda, a nivel estructural. Tuvo acceso a habitaciones privadas y a contactos que facilitaron el acceso a tratamientos experimentales. Todo eso prolongó su vida, probablemente.

Mamá, a diferencia de la mayor parte de las mujeres enfermas, no tuvo que enfrentar la obligación del trabajo a la experiencia temporal de la enfermedad. Durante diez años durmió y comió lo que quiso, paseó, se fue de cañas e hizo viajes con sus amigas. Al final le fue concedida una discapacidad completa, pero solo en los últimos años. Tuvo un marido, sí. Unos ingresos fijos que procedían de su dedicación total y exclusiva a la familia y un divorcio insoportable. Tuvo juicios. Y pasó su enfermedad acosada por un pensamiento obsesivo en torno a los conflictos con mi padre: ¿estar casada prolonga la vida?

Una amiga me comentó que en Londres, en la Escuela de Enfermería, preparan a lxs estudiantes para que cuenten con que la mayor parte de las mujeres con cáncer de mama van a perder a sus parejas durante la enfermedad. Quedarse soltera durante la enfermedad es algo que ocurre con regularidad a las mujeres. Sus parejas simplemente no pueden soportarlo. La fantasía de la mujer femenina colapsa y va perdiendo sus rasgos con la mastectomía y la quimioterapia. Pasa a ser la idea viva de la muerte compartiendo lecho, revolviéndose de angustia a su lado tras un diagnóstico difícil. No saben dormir junto a una mujer que es capaz de imaginar su muerte sin ser por ello fantasiosa. Creen que el ánimo de muerte es algo que puede trepar por las sábanas hasta entrarles bien dentro en sus cuerpos todavía puros, todavía sanos.

Tal vez lo peor de todo no sea eso, sino la fantasía cultural que nos hace entender el cáncer como una lucha que puede terminar con una actuación heroica por parte de la enferma y su familia. Un momento de crisis, una respuesta épica y un restablecimiento de la normalidad. Pero los tratamientos contra un cáncer avanzado dejan secuelas de por vida, y no hay relato que romantice a largo plazo lo que es vivir con ellas. Cuando una enferma de cáncer no muere, pero su vida depende de tratamientos médicos y sus efectos secundarios, su existencia entra en una dimensión incomprensible para los demás.

Durante los primeros años, existe el miedo a su muerte, un miedo que genera un duelo, una preparación para las peores noticias. Cuando eso no ocurre, parece que damos por hecho que ya no ocurrirá; sin embargo, la persona a la que amábamos no existe tal como era, no ha vuelto a ser la misma después del trauma de la enfermedad y la transformación física causada por los tratamientos. En nuestra imaginación, su cuerpo vivo ocupa simbólicamente el lugar del zombi, está atrapado en un sitio incómodo entre la vida y la muerte.

No tenemos ni idea de que todo esto también es el cáncer, no estamos preparados, y quienes acompañamos a las enfermas somos a menudo una carga para ellas; nuestra ignorancia de la enfermedad y sus procesos a largo plazo, nuestra falta de preparación emocional, añaden una dificultad más a su día a día. ¿Acaso no juzgué yo a mi madre por ser «una mala enferma»? ¿No pensé que yo misma lo hubiese hecho de otra manera? Me escandalizaba que no dejase de fumar, que bebiese a diario, que no comiese ecológico ni se pusiese a estudiar listas de alimentos y complementos antioxidantes. Mientras mi madre estaba con una metástasis supuestamente mantenida a raya por medicamentos que le destrozaban el sistema digestivo, yo insistía en que intentase contrarrestar un poco los efectos del tratamiento tomando probióticos. Y ella estaba cansada, muy cansada, de la medicina, del aguacate y del ego de los demás.

Mamá, yo sé que es esto lo que querías que escribiera, cuando decías con rabia «no hay que ser cobarde», y luego tampoco te atrevías tú a llamar a las cosas por su nombre.

No vi llorar a mi madre antes de morir. La vi irritable, molesta, cansada. Solo durante un segundo, en el primer contacto en nuestro último encuentro, creí ver el miedo en sus ojos, el reconocimiento de lo que estaba pasando. Al cambiarla de postura en la cama, me pareció que un fogonazo de terror en su gesto, mirándome a los ojos, lo confirmaba. Tal vez ese gesto hablara del dolor y no de la muerte.

No es la enfermedad lo que más ulcera al ánimo, sino el diagnóstico que irrumpe en la historia que escribimos sobre nosotras para llenarla de significados indeseables. Cáncer. Nunca imaginó para ella esa palabra llena de metáforas de desgracia y de fracaso. Ella no quería ser una enferma.

No lloró conmigo antes de morir, pero sí la recuerdo llorar de rabia y agotamiento tras su primer diagnóstico. Nada de lo que ocurría tenía que ver con su voluntad ni con su imaginación.

Le pedí que lo escribiera todo, le dije que le ayudaría a sentirse mejor y que más adelante yo haría un libro. Lo hizo durante una temporada y después se deshizo de todo. Me dijo que había escrito cosas horribles que no serviría de nada leer. Ahora agradezco no tener que enfrentarme a esos papeles.

Estoy en el archivo de la escritora Maria-Mercè Marçal, en la Biblioteca de Cataluña. Consulto sus escritos desde el diagnóstico del cáncer de pecho hasta su muerte, en 1998. En una de las notas de su diario escribe que espera tener tiempo para destruir muchos documentos, que es propio de los escritores escribir sobre el conflicto, las experiencias negativas, y que en el momento actual solo siente amor hacia esas personas sobre las que escribió duramente. Mamá tal vez sintió lo mismo. Supo que no debía leer ciertas cosas, porque la irrevocabilidad de la muerte vuelve insoportables relatos que no lo serían tanto en vida. Mi pensamiento entonces era adolescente, me veía capaz de comprender todo, de forma imparcial, no como hija sino desde la literatura o el pensamiento. Una vez más me equivocaba y lo sabías bien tú, mamá.

Mamá dijo que era yo quien tenía que escribir. Ella me tenía a mí.

Yo estoy escrita por ella y por mi deseo.

Tras el diagnóstico comencé un duelo que duró hasta su muerte: la pérdida de una madre inmortal. El de ahora es distinto. El luto en vida también lo hizo ella. Un diagnóstico destroza cualquier imagen e identidad propia. Mi primer luto fue el de la niña dependiente que pierde a su mamá, que se queda sin sus cuidados. Hoy vivo el de la adulta que pierde a una madre que ya no podía cuidarla, que ya no podía salvarla.

Me pregunto si ella dejó también de ser madre cuando la convirtieron en enferma. Aceptó mi independencia para evitar el dolor de sentir que aún le quedaban cosas que darme. Que yo las necesitaba. Durante diez años, muchas veces, sentí que me faltó una madre comprensiva, capaz de empatizar con mi miedo y mi dolor.

Me llega un mensaje de mi abuela en el que dice que hoy hace dos meses que estamos sin mamá. Dos meses. No es nada.

Llego de la universidad sintiendo que he dado una clase de mierda. Hay algo en la idealización de lo que tiene que ser una clase universitaria que me hace imposible ser una buena profesora. Trato de hablar de subjetividad, de imaginación, de libertad a la hora de investigar y definir sus temas de investigación. Les digo que están en cuarto y que es el momento para diseñar su propia carrera, apropiarse de las conversaciones, los temas. Pero últimamente no encuentro ninguna emoción, solo cansancio.

Toda interpretación de la realidad es subjetiva, depende del día y del sueño que una tenga. Me lo digo habiendo descubierto ya que mi sentido trágico es directamente proporcional a la falta de descanso nocturno.

Casi he logrado convencerme de que esa sensación de fracaso es contextual, cuando al tomar asiento en el baño, encuentro otra cuota de realidad que había intentado ignorar por falta de tiempo o de energía dramática. ¿De verdad ha de aparecer *ahora* un nuevo territorio de angustia? ¿Y precisamente tiene que aparecer en mi propio cuerpo? Para que no pueda librarme del problema, ni reprimirlo, ni negarlo.

Con terror vuelvo a pasar examen al lunar, oscuro y con relieve, instalado en la ingle izquierda. Llevo días sintiéndolo al caminar porque desde que lo miré por primera vez, percatándome de su existencia, lo he tocado tanto que lo he convertido en la superficie más sensible de toda mi piel. Lo he tocado estando sola, también en la biblioteca y en la cola para el pan. Lo he tocado con disimulo y sin disimulo, aprovechando el espacio libre de los pantalones que empiezan a quedarme grandes a causa de la feria emocional en la que vivo. Tenía la esperanza de que algún fenómeno lo hiciese desaparecer, pero el lunar sigue ahí. A ojo busco cambios, un crecimiento exponencial, la crónica de un cáncer de piel anunciado.

Según lo miro parece crecer ante mis ojos, puedo incluso ver su extensión futura, cómo sería al desbordarse desde la ingle hasta mi sexo, toda yo oscura e invadida por una sustancia adherente y monstruosa, parecida al chapapote que cubrió las costas del norte y envenenó cruelmente a sus pájaros cuando era niña. No hay alternativa, necesito una opinión externa, que alguien fuera de mí evalúe esto. D. está sentada en su mesa de trabajo, frente al ordenador, con los auriculares de cancelación de ruidos puestos. Para que me oiga, sin levantarme del inodoro, tendría que gritar, pero no quiero gritar, así que me limito a hablar *muy* alto.

«¿Podrías por favor ayudarme con una cosa? ¿PODRÍAS POR FAVOR AYUDARME CON UNA COSA?».

Tarda unos cinco minutos en cruzar los tres metros de distancia entre su mesa y el baño. En esos minutos tengo tiempo de sobra para pensar que no vendrá, que no puede ni quiere ayudarme. Luego asoma la cabeza con un auricular puesto y el otro colgando. Le pido que le eche «un vistacillo» al lunar, que tiene muy mala pinta. Me justifico, he intentado no preocuparme, pero... ¿Qué ve ella?

—Sí, un lunar. —La respuesta me resulta del todo insuficiente.

—¿Qué tipo de lunar?

—No lo sé, ya hemos hablado esto muchas veces, si te ayuda a quedarte más tranquila, deberías ir al médico.

En mí la duda por la enfermedad siempre es la duda por el rechazo. Por la pérdida del amor.

—¿Me querrías igual si toda mi piel estuviese cubierta por un lunar gigante?

—Sí.

—¿Seguro?

—Sí, serías un lunar gigante muy mono, a mí me gustan las chicas diferentes. Además, si te cubriese entera te subiría dos tonos el moreno de la piel, más sexy.

Le doy las gracias, es lo que necesitaba oír. Sé que soy una persona insoportable. ¿Por qué quiere vivir conmigo? Soy probablemente la peor compañera de piso de la historia, porque una novia está claro que no soy.

—No, no eres una novia, pero como compañera de piso no estás nada mal. Eres entretenida.

Me paso el resto de la tarde intentando fingir que existe a mi alrededor una realidad más allá del miedo profundo a un diagnóstico. La piel de la ingle me arde, se convierte en una antena suprasensible capaz de captar los hilos de algodón de mi ropa interior, el grado de humedad de la casa, el calor. En ese estado de sensibilidad, de preocupación por la enfermedad, la percepción del propio cuerpo expande sus límites y es posible sentir el interior, los órganos, ese reverso negado a la experiencia. Por la excepcionalidad de este tipo de sensación es difícil saber si ese tacto es real o alucinado, si viene de ese lugar o de otro. No sé con seguridad la disposición de las células en la carne negra del lunar porque no las veo, pero puedo intuirlas. También siento el vértice donde el lunar, a través de raíces, conecta con los nervios,

191

y es a través de ellos por donde un látigo de electricidad me baja hasta la pierna. No parece misticismo ni magia, sino pura materia expresándose. En el miedo al cuerpo tengo tacto por todas partes, todo puedo sentirlo, soy una mano enervada sobre una superficie que arde.

Para controlar la ansiedad tomo una ducha caliente que me ablanda los músculos y consigue adormecer la mente. No hay consuelo comparable a entrar en agua fría o agua caliente. En el agua caliente se relaja la voluntad, desaparezco; mientras que en el agua fría hay una contracción que renueva la disposición de cada parte del cuerpo a seguir colaborando en la supervivencia. Bajo el agua de la ducha la vista se enturbia y convierte el paisaje en un borrón, de modo que no puedo mirar el lunar con detalle. Su color se funde bajo el vapor con el moreno del resto del muslo, que aún subsiste en el invierno.

Toco las paredes de mosaico cuadrado, pequeño y azul. El tacto sin visión nos convierte en un material continuo que se relaciona con el mundo salvajemente, sin orden ni concierto. Al apagar la mirada los límites se vuelven inconcretos.

Creo que la única revolución «cultural» que imagino posible es una que ocurra en el tacto, a través de una reconfiguración de nuestros modos de experimentarlo. Tal vez un día reclamemos el derecho al tacto y lo saquemos de la lógica moral de Occidente y de nuestras sociedades, que lo dirigen hacia los límites productivos de la maternidad y la pareja. Una mano que, fuera de esos espacios, se posa suave en el cuerpo del otro para conocerlo y comunicarse revoluciona el estado de las cosas. Tocar nos transforma, pero esa mano capaz de llevarnos a un lugar que aún no conocemos se expulsa a menudo a través de una retahíla de preguntas: ¿qué busca? ¿Me está tocando conscientemente? ¿Hay una intención sexual en ese gesto? ¿Cómo me compromete aceptar esta mano? ¿A qué me compromete?

Bajo ningún concepto puede existir el tacto como fin en sí mismo.

Productividad, finalidad, futuro… la interpretación hetero-sexual del mundo: tocar lleva al sexo y al hijo, o tocar lleva al sexo ya pactado sin vínculo, un uso del otro como objeto, un medio hacia el valor social o la satisfacción. Pero mi deseo de tocar y ser tocada nunca termina. Solo en la temporalidad de la escritura y del tacto consigo decir, ser sincera.

Solo confío en quien se queda muy cerca y me toca, porque quien se acerca tanto no teme, como yo, mi cuerpo, la evidencia dura de su materialidad, el caos de su materialidad, todo el azar contenido.

Duermo sobre la ingle donde no está el lunar. Paso la noche clavada de canto en la cama sobre el muslo contrario al lugar de mi miedo.

La zona de la piel estaba sensible cuando el lunar estaba allí, dolía horrores cuando me lo quitaron y siguió sensible después. Esperé tres horas en urgencias hasta que me pasaron a dermatología y la doctora, no sé si por su propio criterio o influida por mi nerviosismo, decidió extirpármelo. Sola en la sala de espera. Sola sobre la camilla. Como mi mamá durante años cuando acudía al hospital cada mes para su tratamiento sin nadie con quien bromear, con quien crear otro mundo distinto al de los enfermos y sus enfermedades.

Han pasado dos semanas, sigo sintiendo la piel en la zona. Justo cuando esperaba un silencio de la carne observo con aflicción que nada termina, la piel continúa expresándose y vuelve el estado de sospecha. ¿Será que era malo y sus raíces malignas se han quedado dentro de mí? El estado de sospecha es lo único que no tolero, el pánico paralizante que lo acompaña.

Vuelvo a pensar en mamá, en su sentido de la responsabilidad. Si existe una posibilidad de cuidar tras la muerte ella estará pendiente de mí, se lo tomará como una tarea básica.

Mamá nunca me consoló del miedo a la enfermedad porque ella la padecía y yo la proyectaba. Me llamaba hipocondriaca y me reñía: si ella conseguía llevar lo suyo con calma, ¿por qué iba yo a andar de drama en drama todo el día? Desde su diagnóstico a mis dieciocho y sus sucesivas recaídas no pude evitar integrar en mi propio cuerpo cierta experiencia del otro cuerpo amado que había sido vulnerable. Ella, la todopoderosa. Nunca me consoló porque ni había motivo ni le interesaba el consuelo, sino la gestión práctica de lo que hay. Pase lo que pase solamente he de hacer lo que hizo ella, ser práctica, seguir los pasos, hacer lo que haya que hacer hasta que no quede nada por hacer. Dormir.

Pero yo no duermo tan profundo como mi madre, yo no duermo si no caigo rendida junto al cuerpo templado de D., que reposa entera, que vive sin urgencia, que abre un libro a la luz de la mesita de noche.

Me repito que mamá cumplirá con su función, que, si existe una forma de ser madre después de morir, seguramente lo será, me cuidará a su manera, sin contemplaciones, sin florituras, con justicia, con exactitud.

Tengo miedo, mamá, tengo miedo.

OCHO

Si esto que escribo fuese una novela, pensaría que lo que viene es un giro innecesario en la escritura, demasiado dramático, manierista: D. y yo encerradas juntas durante al menos quince días en el pequeño bajo, junto a un mar al que no podemos asomarnos. Hace unas semanas escribía sobre las normas sociales que regulan los usos del tacto en nuestro día a día, bajo las condiciones de «normalidad» de una sociedad dada. Hoy han cerrado la playa, vaciado las calles, y desde la ventana oímos a las patrullas de policía informar a los viandantes de que ya no son libres de pasear de dos en dos sin objetivo ni rumbo.

Después de una vida de libertad supuesta, aparece un virus y el giro conservador, como en cada crisis. Personas confinadas con sus familias y no con sus amigas, confinamiento en torno a la lógica de la vivienda: la de la pareja o los padres. Si esto me hubiese ocurrido en Londres, podría haber estado encerrada en un piso compartido con alguna persona amada y alguna otra extraña. O tal vez las amigas hubiésemos conseguido estar juntas, gestionar las viviendas para estar juntas. La realidad es que hoy cada cual se organiza junto al cuerpo con el que duerme más a menudo.

No sé qué pienso de nosotras, las que nos amamos. Anna se ha quedado sola, aquí en Barcelona. Me envía una foto en el salón con una copa de cerveza y los libros con los que prepara las clases de Lengua del instituto para impartirlas online. Está triste, hubiese querido tomar la mano de un amor mientras aún era posible encontrarse en las calles sin infringir la ley. Pero su amor tiene una pareja con quien pasar el confinamiento y nosotras, las que quisimos vivir de otra forma la amistad y el deseo, volvemos a nuestros nidos, cerramos nuestras puertas. Volvemos a la unidad familiar y al miedo. Como un buey que nunca aprendió a correr busca su yugo: en estado de crisis regresamos otra vez al salvavidas conocido, los sueños de confort de nuestros padres, nuestras madres, cualquier otro.

D. y yo estamos confinadas en un piso de treinta metros cuadrados, que es la talla de la pobreza en este barrio de pescadores. Aquí se confunden precariedad y privilegio: algunas somos jóvenes artistillas y extranjeras llegadas de otros países de Europa, para quienes el apartamento enfrente de la playa, con su ambiente costumbrista salpicado de turismo, es un lujo. Siempre me consoló el mar tras la puerta, un mar ancho y accesible, no como ahora, cerrado tras una cinta policial.

A las ocho de la tarde en el encierro oigo el aplauso, lleno de energías acumuladas de ganas de salir, correr, estar en las terrazas, ir al gimnasio o al bar. Oigo las voces exaltadas y roncas de hombres jóvenes y confieso que por un momento me asusto; me abruman sus cuerpos encerrados, la energía y el deseo de territorio.

Me sé incapaz de compartir treinta metros cuadrados con las voces de hombre que oigo, y que ahora gritan a través del balcón:

«¡Me aburro!», y vuelven a gritar: «¡Me aburro!», para hacer al fin lo mismo que hago por medio de la escritura: iniciar desesperadamente una conversación, existir para alguien al otro lado, soltar las ganas, existir.

Pasamos varias noches proyectando en la pared fotografías de perros. Las tiendas han cerrado y se han quedado en sus jaulas, alimentados solo una vez al día. Trato de convencerla de que, como este confinamiento se está alargando, es el mejor momento para acompañar a una perrita durante el proceso de adaptación a su nueva casa. En Londres solíamos perseguir a perros pequeños por el parque London Fields, hasta que sus dueños se giraban y nos miraban molestos. Intentábamos que D. los estudiase de cerca, para valorar si verdaderamente quería convivir con uno. Yo, por mi parte, llevaba un par de años ya con el reloj biológico encendido, ansiando compañía no humana. Deseaba un tipo de ternura de acceso fácil, inmediato y constante. Buscaba, sobre todo, un vínculo sin juicio, donde importase mi tacto y mi comportamiento, pero no mi imagen ni mi capital. Una ternura sin amantes, sin hijos.

Visitamos la tienda dos veces. Es un lugar horrible. Un gran almacén de jaulas y de ansiedad donde va entrando gente y van saliendo animales. Nadie pregunta a esas personas quiénes son, ni qué van a hacer con ellos. El primer día volvemos a casa revueltas y solas, tras ver a un par de chicos llevarse un perro de raza con una pata rota. A mí me habían puesto en los brazos un bulto negro y asustado, con los lacrimales sucios y eccema en la piel de las orejas. La única hembra de talla pequeña, para poder viajar en avión juntas.

D. y yo estamos de acuerdo. No deberíamos participar de algo así ni darles nuestro dinero. Pero esa noche no pego ojo y a la mañana siguiente llamo por teléfono a la tienda. «Cerrada de forma definitiva. Ya no es legal realizar actividades de este tipo». El bulto negro me espera con sus legañas verdes en alguna jaula que no se abrirá durante muchos días. Le ofrezco dinero en *cash* al dueño, salir corriendo en el coche, ir hasta la puerta, hacer el intercambio. La voz acepta.

D., no muy convencida, va a buscar el coche de sus padres y nos conduce nerviosas hasta allí. «Se llamará Pan», dice. O no hay trato.

Cualquier nombre. Cualquiera es perfecto.

Pan pasa la tarde hecha una bolita sobre un cojín de rayas naranjas y blancas. No quiere comer ni beber, pero tampoco llora y se deja acariciar. Toda ella huele a pienso de cachorro, un olor que me remueve y me recuerda a Chufa. Al llegar a casa mamá la tocaba con guantes de plástico, tan solo la patita, con cierto reparo. Luego terminó siendo su vínculo principal con el mundo. Chufa supo bien que, aunque demasiado estricta con la prohibición de entrar al salón y las habitaciones, mamá era la única fiable a la hora de sostener su horario de comidas y de salidas a la calle.

Es la primera vez que estamos juntas sin haberlo elegido.

Para no molestarnos en esta conejera pequeña, sin balcón y con las ventanas diminutas protegidas por barrotes, D. y yo casi no intercambiamos palabra. Incluso al dormir, aunque estemos en la misma cama, D. y yo dejamos lo correspondiente a un tercer cuerpo de distancia entre las dos. Hoy la perra duerme en ese hueco.

Al despertar huele a tostadas, plátano y café calentito. D. está en medio del salón con una manta sobre la cabeza y Pan bien sostenida en brazos. Gira sobre sí misma y bailando le canta: «Eres tú el príncipe azul que yo soñéeeeeeeeee».

Una canción de Laurie Anderson dice: «I walk accompanied by ghosts». Camino acompañada por fantasmas. Nada más acertado para este momento. He estado tan aislada del mundo que el confinamiento parece poco más que una perversa continuación de mi estado anterior. Salgo a la compra una y otra vez. Dentro del mercado de la Barceloneta voy como un autómata, con la ropa arrugada y seguro que oliendo a cerrado. Escucho las conversaciones de la gente y trato de concentrarme para no volver a mi silencio, plagado de conversaciones con gente que ya no existe. *I walk accompanied by ghosts.*

En navidades creí por un segundo ver a mi madre en la cola del supermercado. El pelo de aquella mujer se parecía al que llevaba ella hace unos años, cuando lo recuperó después de la quimioterapia. Mi cuerpo se giró de golpe como se gira un perro que cree haber reconocido a su mejor amiga en una figura que atraviesa la calle.

Imagino que al salir a la compra la encuentro a Ella. Imagino que de la emoción violenta abro la boca y me llevo la mano al pecho intentando sostenerlo. Esos gestos teatralizados son lo único que hay en la parálisis total de quien ama en vacío. De quien ama un recuerdo. Amar de memoria es alucinación. Algo muy parecido a la escritura.

Mantengo una rutina «normal» de joven profesora confinada, pero mi interior es insondable. Hay cierto placer en escribir una frase tan sonora y afectada como esa. Insondable, el paisaje de mis profundidades no es accesible para los otros, lo que siento no puede ser representado. ¿No puede, o no ha de ser representado? No quiero causar más dolor. En el Instagram de una conocida he visto una fotografía del rostro de Ella, con un gesto duro de tristeza. Debajo, las palabras «lonely days». Está tomada antes del confinamiento, los días que yo pasé en el hotel, esperándola.

¿Pensará Ella en mí también, encerrada en alguna parte?

Cómo ha llegado a ocurrir esto.

Después de tiempo sin hacerlo busco su Instagram; hace meses bloqueé notificaciones y *stories*, pero solo a partir de la espera en el hotel fui capaz de no visitar su perfil cada día. En los últimos meses ha subido muy poco contenido, pero por la última imagen, un gran salón con un fuego en el centro y láminas de arte en las paredes, confirmo que su vida aún me es extrañamente familiar. Se ha aislado en la casa de su madre, aquella donde pasamos la primera noche juntas. Allí estará bien, tendrá el sol, el jardín alrededor y después el campo abierto, donde cuando era niña se encontraba con una amiga para besarse entre las cañas —¿eran cañas o maizales? No importa ya la verdad en mi recuerdo. No tiene importancia respetar el relato, palidece después de que ella haya cortado la conversación.

Voy meses atrás en sus fotografías de Instagram. Me acerco para tocarla y rompo el marco con los dedos. Paso una mano lenta por la piel espigada que comienza a enfriarse. Aquí tiene los muslos morenos de su viaje a Mallorca, lleva una camisa de rayas azul ultramar y blancas.

Está desnuda sobre una cama grande y revuelta, las piernas definidas en cada pequeño músculo hasta culminar en un tobillo que descansa sobre el otro. La curva suave de la espalda, la melena rubia y corta le oscila hacia los ojos verdes, fuertes y abiertos. «¿Te gusta esta imagen?», pregunta. «¿Y si me giro, me muevo, me coloco así?». Mueve los hombros y rueda hacia los lados cambiando el peso. En el movimiento ríe y vuelve a mirarme. Es capaz de imaginar el marco de la escena que ofrece y que yo observo a unos pocos metros de distancia. Tumbada y desnuda puede moverse frente a la cámara e imaginar su ojo, su deseo. Mi ojo, mi deseo. Ahora, con el vientre apoyado contra las sábanas, los codos hincados en las sábanas y los brazos sujetando la cabeza, evalúa divertida los efectos de su actuación.

Construye para nosotras una fantasía perfecta, ¿igual a las películas? —igual a las películas—, pero mucho mejor, pues la espectadora que observa, en este caso yo, es benevolente, no ha de ser seducida desde cero, ya está enamorada y añade el valor de su amor al cuerpo que mira. No hay ambigüedad en el valor cultural de ese desnudo, un desnudo que la sociedad elige día tras día como su ideal. Yo lo encuentro en Ella, pero ¿lo ve Ella en sí misma? ¿Lo vemos alguna vez en nosotras mismas aun si logramos encarnarlo durante un corto periodo? Ella tendida, si juega a las imágenes, si me llama para ser mirada, representa la juventud, la sexualidad despierta que busca, el desconocimiento de la partida a la que sin embargo se entrega.

Cada una le regala la fantasía a la otra, porque sí, en su mirada hay una señal de que yo también estoy en pantalla, actúo para ella dándole acceso a la visión que nunca le perteneció según la ley de su cultura. Nos damos un poder que no nos dieron. Nos entregamos el trofeo en las manos. La abundancia de la desnudez.

Un cuerpo de «mujer» desobedece la idea de lo que es ser «mujer» al desear a otra, seducirla. Siendo una mujer y también un niño que sale a la calle con un gorro de lana y los vaqueros rotos. Y yo la deseo allí donde se mezclan la joven y el niño, donde se quita el vestido y se sube al árbol mientras la observo desde abajo sin atreverme a subir.

El cuarto oscuro de la proyección, el cinematógrafo, es también un pozo de angustia, camuflado con unos hierbajos que crecen a su alrededor y lo bordean. ¿Con qué confinamiento fantaseamos ahora? ¿Qué tristeza o qué frustración hay estos días en el estómago de las mujeres educadas para ser requeridas, para que su cuerpo sea ese espacio de provocación, de demanda sexual infinita por un otro cuyo deseo y cuya potencia nunca se agota?

Sin cumbre, sin conocimiento del límite, sin goce, replegamos hoy nuestros cuerpos, secretamente insatisfechas, continuamos con nuestras tareas, menstruamos, ovulamos, el ciclo es extraño, no encaja con las leyes de este mundo. Y a la vez impone otra, más fuerte, que es silenciada.

Encerrada en su casa llora hoy alguien por la frustración de su deseo.

Un cuerpo que siempre recibe menos placer, menos tacto del que puede tomar. Inventamos a una otra capaz de colmarnos, el verbo elástico y el sexo llenándonos el sexo. ¿Puede un sexo llenarse? ¿O solo es una simbolización, el callejón sin salida de una idea, un mito heterosexual que se repite? La mujer histérica es la mujer deseante olvidada de su deseo, la que no sabe cómo ni dónde puede acudir para saciarse. ¿Para saciar qué? No existe nombre ni signo para nombrar aquello que consiga colmarnos para siempre, a través del tiempo. A pesar de que el poder inventa el falo, el falo es un símbolo, una bandera, no una herramienta, no tiene estatuto material. Sin materialidad es una idea fraudulenta que fortalece la alucinación del vacío. Nuestro sexo sueña el vacío, alucina el vacío: se alucina vacío, incompleto, constantemente desatendido.

La inmediatez abrumadora del cuerpo me aísla. Al no poder salir, lo siento todo el rato, con una exactitud delirante. A la vez, me siento culpable por restringir mi idea de realidad al territorio de lo sensible. Por ser incapaz de imaginar planes de futuro más allá de mi hambre, mis ganas de follar, mi miedo a los dolores que se expresan de forma intermitente.

Retomo las consultas con la psicóloga, que había comenzado tras la muerte de mamá y suspendido por pura pereza de escucharme hablar sobre mí misma. D. se alegra de que busque ayuda en alguien fuera del círculo de mis amigas. «Alguien que no te conozca, imparcial».

Quiero que vea que me esfuerzo, aunque mi posición sea ambivalente. Por un lado, es triste haber tenido que elegir entre dos personas con las que mantenía dos vínculos distintos. Por el otro, siento que se me juzga por vivir encadenando enamoramientos. Como si tuviese dependencia de esa intensidad. Ojalá la psicóloga me entienda y me felicite por haber tratado mis excesos de cortisol con oxitocina, y no con ansiolíticos. Solo el tacto o la droga pueden alejar los efectos de una angustia acumulada. Y los efectos del tacto regeneran un cerebro transformado por el miedo. Como la droga, también pueden crear dependencia.

¿Debe un mamífero sentirse culpable por necesitar la piel de las otras?

A la mujer de unos cuarenta años y gesto amable, a quien pago para que me escuche al otro lado de la ventanita de Zoom, le cuento que antes estaba segura de mis teorías sobre la amistad y el amor, pero que, dado que no han podido hacer feliz a nadie, ahora sospecho que hay algo malo en mí. Nunca me adaptaré ni lograré tener una vida estable, tranquila.

Sí, ese es el problema y no tanto el protagonismo del cuerpo: no consigo creer en los sueños de futuro que facilitan la estabilidad de la mayoría de las personas. Soy escéptica.

Le hablo de mi escepticismo ante el matrimonio en general, especialmente el homosexual, porque, al poner en el centro la pareja, implica de algún modo la pérdida del valor de la amistad como vínculo principal de la vida.

«Pero ¿qué experiencias has tenido hasta ahora?», pregunta.

A los veintiocho he tenido relaciones con bastantes mujeres. Bonitas relaciones de crecimiento, aprendizaje y cuidado mutuo, que un día comenzaron con un deseo, una fuerte atracción sexual unida a una necesidad de saber más de la otra, de entender su misterio, la misteriosa causa de esa afinidad. Tras unos meses, años en algún caso, en general se han convertido en una amistad distinta, mejor. Como Anna, mis antiguas amantes son mis amigas especiales, mi familia. De mis relaciones de pareja yo había aprendido a creer en la amistad íntima entre mujeres como el modo más deseable de vida. Y creía que estaba bien, hasta que ocurrió la historia con Ella.

Me preocupa ser egoísta. Destructiva. Querer vivir en un constante momento de fogueo. No ser capaz de las renuncias que requiere un compromiso.

Después de escucharme un buen rato, la terapeuta, con una gestualidad en ligero *delay* por la mala conexión wifi, pregunta: «¿Qué es lo que te engancha del enamoramiento inicial cuando conoces a alguien? ¿Y qué es lo que te hace seguir con D.?». Son buenas preguntas.

Supongo que el enamoramiento es un estado de atención, de creatividad, que nos descubre oportunidades en el mundo. Posibilidad de resultados lúdicos y placenteros. Con todas las personas con las que he estado antes de D. he visto cómo esa actitud creativa y soñadora decaía según pasaba el tiempo... Con D., sin embargo, la creatividad es una actitud hacia lo vital. El enamoramiento no se restringe a lo romántico. La creatividad dura siempre.

«¿Y no te liberaría pensar que, en lugar de perseguir de forma compulsiva el subidón de una relación nueva, lo que buscas es una vida donde haya tacto e imaginación? Tal vez no seas tan buena, ni tan mala, aunque quieras las cosas a tu modo, como todo el mundo».

¿Y lo de no ser capaz de pasar página?

«Tienes derecho a no pasar página. Es una moda relativamente reciente animar a las personas a "superar" su pasado y cambiar de vida. ¿Cuántos años vestía de negro una mujer de luto? Antes nos obligaban a existir en lo perdido y ahora nos obligan a no mirar "atrás". Seguro que la teoría te la sabes, ahora falta bajar las revoluciones, darte tiempo, y conseguir creértela».

Escucho un audio de mi abuela:

«Hola, mi niña, ¿cómo estás? Yo por aquí bien, con un tiempo de verano… Ayer sobre todo salimos las cuatro vecinas que tenemos terraza hacia el lado del parque y allí estuvimos cada una en su silla, charlando. Cuéntame cosas, ¿qué tal Pan? Estará ya muy grande. Parece increíble que haya pasado tanto tiempo. Ni nos vamos a conocer cuando nos veamos… Qué tontería, claro que sí. A veces pienso: ¿cómo es posible que nos esté pasando todo esto? Las desgracias nunca vienen solas, pues es verdad. ¿Qué haces? ¿Hablas por teléfono con tus amigas? ¿Cómo está Anna, que se quedó también solina? Qué lástima que justo sus padres estuviesen en la casa del pueblo cuando pilló todo. A D. la vi muy bien en la foto que me enviaste, está casi morena, ¿cómo hace para salir, ahí en esa casa, donde no tenéis ni ventana? Dile que tenga cuidado por la calle, que se ponga la mascarilla. Y tú también, cariño, cuídate mucho, no andes sin mascarilla si vas a la compra ni te acerques a gente dudosa, ja, ja, ja».

La voz puede atraer el recuerdo de un olor. Mi abuela solía oler a Chanel n.º 5, a baño de señora con espray de laca seca y a frascos pomposos de líquido oscuro. A jabón de lagarto, con el que enjuaga los bañadores a mano después de ir a la piscina, y también a ajo, sobre todo a ajo, de preparar la carne que dentro de la nevera deja ablandándose durante la noche en un recipiente lleno de leche. La identidad es siempre una mezcla de olores, de los que conocemos su origen y de los que no.

Termino el audio y justo llaman a la puerta. Pienso que es otro paquete con libros de filosofía en inglés que sigo comprando con cierta culpabilidad por no tratarse de productos de primera necesidad. A fin de cuentas sí lo son si pretendo entregar esta tesis doctoral algún día, y hoy por hoy no existe modo alguno ni horizonte posible de viajar a Londres o de visitar buenas bibliotecas. Me pongo la mascarilla, abro y la repartidora me deja un rectángulo de papel con una imagen en blanco y negro, una postal. Agradezco a la mujer que la haya traído hasta aquí y me pregunto a quién le quedará humor para andar mandando postales estos días.

La imagen muestra los exteriores de una casa moderna, el espacio abierto y blanco tiene un jardín atravesado por un solo pasillo hecho con tablones de madera que lleva a una fuente rectangular con un solo caño a un extremo. No reconozco la letra con la que está escrita:

Espero que estéis todas bien. He sabido que has adoptado a una perrita y que se llama Pan. Te he imaginado con ella corriendo por este paisaje. Con lo del confinamiento he tenido tiempo para pensar muchas cosas. Encontré la postal en una caja de mi madre, llena de papeles y fotografías, y pensé que te iba a gustar. Nada, era solo para mandarte un abrazo, de verdad espero que estés bien.

Giro la postal y compruebo que por el otro lado está escrita la dirección de la casa de su madre, y me quedo sintiendo una especie de mordisco, entre la sorpresa y el vacío. Ha escrito un par de veces que espera que esté bien. ¿Qué significa esto después de tanto tiempo? La guardo en un libro.

Desde la habitación D. pregunta sobre el envío:

«¿Una postal? Qué suerte. ¿Quién la manda?».

«Era de Ella...».

«Ah. ¿Y qué tal está, bien, sin virus?».

«Bien. Sin virus y sin novedades».

Despierto a las ocho sin necesidad de alarma. Mi sueño se aligera a esa hora, la perra debe notarlo y también se despierta, pero hoy hacía un ruido gutural y en unos segundos me percaté de que estaba vomitando. Pensé que tal vez mis sueños también la perturbaban. O que, cuando se es nueva en el mundo, el mundo nos descompone y hay que ir haciendo estómago. La tomé en brazos y le acerqué el cuenco de agua.

Con las nuevas libertades la mañana es el tiempo de ir a la playa. La gente sigue muriendo y aun así los cuerpos bajo el sol desean la alegría. Toda esta situación no ha parado el deseo de vida de quienes me rodean ahora. Tampoco el mío, pero en la piel que comienza a dorarse hay algo que se ha roto. Al amanecer, mientras la perra vomitaba, salí del sueño para despertarme a una falta. ¿Dónde estaba D.? Ahí al lado, lo suficientemente lejos, ausente, suya.

En la playa imagino que D. avanza con su ropa de correr por el paseo y se acerca a la arena, donde estoy sentada, frente al mar. Viene sonriendo. El miedo a la repetición de un dolor pasado no ha interrumpido su deseo de encontrarme. Sería tan hermoso ese gesto... Verla avanzar hacia aquí, por su propio paso. Estar frente a su rostro y que tal vez los ojos se le empañen y la boca se contraiga. Tener la capacidad de emocionarla con una emoción nueva. Porque fuera de la casa que nos encierra de pronto podemos vernos y elegirnos.

Con ese sentimiento voy entrando en el agua. No seguirá estando tan fría en el Mediterráneo por mucho tiempo. Hoy se parece al mar de mi infancia, al que entraba con mi madre, cuando nadaba detrás de su brazada ágil, el pelo negro atravesando las olas verdes de la costa cantábrica.

No hay en este mar tranquilo corrientes que desvíen el surco de los que nadamos. Estoy sola, cegada por los rayos de luz que rebotan sobre la superficie. Mi vida no volverá nunca a ser la que fue, pero ahora nada hacia mí un cuerpo diminuto, negro también, alargado. Con cortas patitas fuertes como las de las nutrias y mirada azabache. Pan, que esperaba en la arena, ha entrado en el agua en medio de los chillidos emocionados de un grupo de chicas que la miran embelesadas. Tiene cuatro meses y dos semanas. Es la primera vez que nada en su vida, y la tercera que ve el mar. El miedo a perder lo que ama le ha dado la valentía para llegar aquí.

Me dejo trepar por la perra, como si fuese un islote o una balsa, a pesar de que sus uñas se me clavan en la piel al incorporarse. Huele a pelaje mojado, un olor al que no accedía desde hace tiempo, y me escuece la sal en los brazos arañados. La realidad se me cruza con imágenes vagamente posibles: sería bello recoger también el cuerpo nuevo de D. como si fuese un islote, una balsa. Si el miedo a perder lo que ama le diese la valentía para mirarme con ojos nuevos, o con los viejos ojos nuevos que fueron antes. Me dejaría trepar por... aunque con su impulso me abriese surcos en los brazos y luego se filtrase la sal.

Hay un antes y un después del amor. ¿Dónde está lo que se perdió de nosotras? ¿Lo que se quedó con Ella? En el enamoramiento el vacío se expresa como algo muy lleno que acaba de derramarse. El vacío de la desilusión es otro. La mirada ciega del rechazo, alguien a quien decepcionamos mira atravesando con el desprecio de su desinterés.

D. no habla de lo que siente. De lo que no siente. En ese silencio espera a que las cosas cambien. No en mí, sino en ella misma.

Me pliego hacia el suelo como un reptil y me enrosco, soy una cola larga y suave alrededor de sus talones. Cambio de color: a verde brillante, rojo oscuro, amarillo. «*¿Qué quieres de mí?*», pregunto desde abajo, buscando en el ojo azul un brillo de interés. Todo lo que tengo por decir lo suspendo para sesear. Empujo el vientre anillado contra el barro removido y las raíces descubiertas. «Puedo hacerlo —si de verdad estás—. ¿Qué quieres de mí?».

«Sara, tú sabes que has perdido cosas. Luego buscas. Vas a bandazos. ¿Sabes qué he perdido yo? Creer que mañana puede ser igual que hoy. Que hoy estás aquí y mañana estarás. ¿Es mucho pedir, no? ¿Qué se puede planear con alguien que no cree en el futuro?».

No sé cómo explicarle que, sin que me haga falta creer en el futuro, tengo esperanza. La esperanza puede ser algo pequeño.

Que respire tranquila. O que vuelva a poder escribirle una carta de amor. Sin que la carta se sume a las otras, que he ido juntando y no han tenido respuesta. Poder escribir con libertad una carta sin temor a ahuyentar a su destinataria. Con libertad. ¿No es eso una alegría?

Voy a bandazos, pero tengo las clavículas fuertes, la perseverancia de mi madre, *y aunque lo hayas dudado, como mi madre, también soy leal.* No es fácil navegar conmigo, pero si consigo llegar a puerto amarro de nuevo con devoción. Ya llevo el sello de las descendientes de la catástrofe, no viviré engañada, no te pediré el éxito, ni te querré por lo que no eres, de eso puedes estar segura. La herida me avala, lo que doy es total.

NUEVE

Pensé que mamá cabría bien en la mochila beis que suelo usar para llevar el ordenador a la biblioteca. Es la más fuerte que tengo y también la más mullida. Me pongo la mascarilla azul y atravieso las pocas calles que llevan de mi apartamento de alquiler en Gijón a la casa de mi abuela. Anna y D. han decidido empezar las vacaciones de verano aquí, conmigo, para acompañarme en un extraño regreso donde tendré que hacer frente a todas esas gestiones de las que el virus me mantuvo aislada. Hace algunas horas salieron a jugar al fútbol a la playa, y ahora estarán bebiendo cervezas en alguna terraza. En los momentos fundamentales siempre me siento muy sola. O puede que sea la soledad la que permite sentir.

Al levantarla del suelo, mamá pesa lo mismo que un bebé ya crecido. La meto en la mochila y la cargo a mi espalda. Distingo los rasgos conmocionados de mi abuela al final de su recibidor, tras la puerta abierta a tres metros preventivos de distancia. Mi abuela observa a su nieta, con el rostro cubierto por una mascarilla azul, recoger del suelo la bolsa que ella misma ha dejado hace unos minutos junto a la puerta. Es una bolsa cualquiera de plástico rojo, donde podría haber guardado unas chanclas mojadas después de la playa o la merienda para Gabriela, su nieta más pequeña. Un objeto familiar y repetitivo que forma parte de la vida de esta casa, como familiar es también lo que ahora contiene.

Mi abuela, muy derecha, apoyada contra la pared de la antesala donde suele descansar el árbol en Navidad, mira a su nieta mayor, que soy yo, recoger la bolsa de plástico rojo que pudo contener la merienda, pero que, en esta noche excepcional, con mascarilla azul, contiene una vasija con su hija primera. Primogénita, María Teresa, bebé favorito en sus brazos de mamá principiante, ahora convertida en cenizas y esparcida entre las cenizas de otras cosas —casi todas madera, mucha madera de la caja—, materiales arbitrarios que la acompañaron en la muerte y con los que ahora aparece mezclada de forma casi irreversible.

Abrazo a mi abuela con los ojos y sonrío sin darme cuenta de que, por la distancia, la sonrisa de mis ojos no la puede ver. No quiero que recuerde con horror este momento donde deberíamos estar juntas, pasar la vasija de sus manos a las mías, hablar apoyadas sobre la mesa de la cocina, beber una copa de vino. Pero tres metros de separación a las once de la noche con el portal casi a oscuras previene la transmisión del virus y también que mi abuela lea en mis ojos el cariño, sepa que no estoy angustiada, que estoy aquí para recoger a mamá y que me alegra encontrarme con su cuerpo en partículas.

Colocada en la espalda, su peso se siente más ligero. Se acerca la medianoche, agito la mano desde el ascensor y me bajo la mascarilla para esbozar una gran sonrisa. Enseño todos los dientes desde lejos, confiando en que ese gesto sí sea visto. Luego recorro una ciudad casi vacía, poblada por pocos rostros sin boca que caminan hacia su destino cortando el espacio en líneas rectas que nunca se cruzan.

Al llegar a mi apartamento dudo un segundo. Doy unos pasos atrás, elevo la mirada hasta el último piso y veo que ninguna de las luces está encendida. La cocina apagada y también las habitaciones, el salón y el estudio. Las chicas no han regresado y yo me doy la vuelta, camino en otra dirección, hacia la playa.

En el cambio de planes mamá se sale con la suya, nos vamos de excursión en un día que no toca. Hay placer y alegría en la aventura, porque ninguno de los rostros sin boca lo saben, pero yo sí voy esta noche al lado de mi madre, la cargo en mi cuerpo, con mis huesos y mis músculos, como si fuera yo misma. Este paseo marítimo iluminado por farolas, este sueño de gaviotas y mar negra cubriendo el alga y la roca es nuestra ciudad.

Mamá y yo la conocemos bien, hemos pisado el suelo de este camino juntas muchas veces. Si la piedra tiene memoria, entonces sin duda recuerda el golpeteo de nuestros talones, del mismo modo que recordarían nuestras manos las barandillas pintadas de blanco cubiertas por salitre. Las dos pertenecemos a esta ciudad pesquera que podríamos recorrer a ciegas, ya sin fuerza o sin ojos. Para la ciudad que la vio crecer y me vio nacer a mí nada nos separa, mamá y yo seremos siempre dos animales que se movían juntos, compartieron idioma, comieron y durmieron en el mismo lugar.

Lo que existió tanto tiempo, con tanta perseverancia, es lo que todavía hay.

A las nueve y media de una mañana a principios de junio la vida se muestra simple. Allá están las piraguas azules, rojas y amarillas, apiladas sobre una estructura de hierro junto a una pared de piedra encalada.

D. y yo cargamos una piragua primero y luego otra, situándonos en sus dos extremos. Bajamos por la rampa y ladeamos la piscina para entrar en la zona de las rocas donde está la segunda pendiente que comunica con el mar. Solo un par de nadadores han salido y todo está en silencio, con la cafetería cerrada y los gorriones reposando sobre las ramas de los tamarindos.

Este lugar ha sido nuestra casa, la mía y la de mamá, casi tanto como el pequeño apartamento en el centro. En verano, cada mañana nos asomábamos a la ventana para buscar el sol del norte, ambiguo y huidizo, y cuando había una remota promesa de calor mamá preparaba bocadillos y nos lanzábamos a la calle, cruzábamos la plaza del ayuntamiento y subíamos por el paseo del muro hacia el barrio viejo de Cimadevilla, pasando por delante de la iglesia de San Pedro.

Otros junios como este, iba a buscarme a la salida del colegio de monjas con mi bañador en su bolsa de playa, y me recogía en mi uniforme de falda a cuadros para ir a tomar el sol. Si la luz era suficiente, nos apurábamos para llegar aquí, y si el calor alcanzaba unos mínimos, era importante abandonar la toalla y meterse en el agua. No había que aletargarse al sol sin probar el mar, sino acudir al agua siempre o casi siempre, porque de los baños dependía la sensación de plenitud corporal y también de haber aprovechado al máximo la jornada. El baño de agua fresca, a veces muy fresca, te dejaba «como nueva».

Con esas palabras hablaba mamá, morena y hermosa, saliendo del Cantábrico oscuro, sonriendo a la gente y animándolos al baño hasta llegar a su hamaca y dejarse cubrir por una pamela de rafia con un lazo negro.

Ahora salto a la superficie de plástico, a la flotante cáscara de nuez en un biquini de leopardo (su estampado favorito de majestad de la selva) que me regaló el verano pasado. Me siento fuerte y preparada, ágil en el agua y con los remos. Este es el mar de todos mis veranos, sé cómo anticiparme a las olas y cómo navegar evitando las corrientes. Pongo a mamá hacia proa entre mis piernas, primero mantengo la bolsa roja de plástico donde la metió mi abuela y luego, algo más lejos del club y de posibles miradas, saco la vasija. Surcando los mares, mamá es el cofre del tesoro y yo soy la niña que puede navegar con la fortuna a su lado, con la valentía, las alhajas y los oros, todo suyo, por haber nacido hija de una reina.

D. rema junto a mí en la segunda embarcación mientras contempla del otro lado la playa y la ciudad. Un cielo con gaviotas desperezándose y un repicar de campanas llamando a misa. Es animal de agua, se desenvuelve en la escena con alegría y con alegría me mira moverme en un terreno donde nunca me ha visto, remando rítmica y confiada, con gotitas salpicándome a cada golpe de remo. A la altura del lugar donde nos encontramos, ya junto a la boya amarilla, hay suficiente distancia con

221

respecto a la costa. Acordamos que D. se quedará a medio camino para cubrirme con la piragua puesta en paralelo. Porque D. nos protege, desde el club es difícil avistar a una hija que abre la urna y empieza a verter un polvo parecido a la arena de una playa muy blanca, solo que más liviano.

Apoyada en el canto de la piragua ayudo a mamá a volver al mar donde siempre nadamos juntas. La urna vacía que dejo caer es una burbuja de aceite abriéndose hueco entre una nube de ceniza suspendida cerca de la superficie. Mientras la ilumina, el sol conforma una vía láctea o un banco de peces diminutos y plateados. Me arrojo suave desde la piragua, atravieso el banco, lo buceo con ojos abiertos y nado con él.

El agua está salada y fría, me encuentra sonriendo, a contraluz la iglesia y las rocas altas donde anidan los cangrejos que esperan desde sus cuevas la subida de la marea. Nado contigo y regresaré cubierta. El baño es perfecto, mamá, justo a tu modo. Como tú lo quisiste. Las cosas no cambian tanto, algunas se quedarán para siempre.

Sara Torres (Gijón, 1991) centra su trabajo teórico-creativo en el análisis del deseo, el cuerpo y el discurso a través de un aparato crítico feminista e interdisciplinar que entrelaza el psicoanálisis, los nuevos materialismos y los estudios queer. Su novela *Lo que hay* (Reservoir Books, 2022) fue seleccionada como uno de los mejores debuts del año según El Cultural y recibió el Premio Javier Morote a la mejor autora revelación. Doctora por la Universidad Queen Mary de Londres, su tesis lleva por título: «The Lesbian Text: Fetish, Fantasy and Queer Becomings» («El texto lesbiano. Fetiche, fantasía y devenires queer»). Su primer libro, *La otra genealogía*, ganó el Premio Nacional de Poesía Gloria Fuertes. Ha publicado también los poemarios *Conjuros y cantos*, *Phantasmagoria*, *El ritual del baño* y el más reciente *Deseo de perro*. Su segunda novela es *La seducción* (Reservoir Books, 2024). Tiene un espacio en *elDiario.es* donde escribe regularmente.